Michael
Kumpfmüller

Wir Gespenster

Michael
Kumpfmüller

Wir Gespenster

Roman

Kiepenheuer & Witsch

Laut Kriminalstatistik wurden zwischen 2018 und 2022 in Deutschland 1146 Morde verübt.

Die Aufklärungsrate lag zwischen 94,8 und 99,2 Prozent; in 1114 Fällen konnte ein Täter ermittelt werden, in 33 nicht.

Dass die Toten sich um Aufklärung dieser Fälle bemühen, ist nicht überliefert.

I

»Seid ihr auch Tote?«

Juan Rulfo, *Pedro Páramo*

1
Die Tote im Park

Anfangs schaut sie nur, ohne sich groß zu wundern, da sie ja nur schaut, am Boden die Frau sieht, um sich herum das bunte Laub, die Bäume, ein Stück Himmel ganz blau und wieder die Frau, die ohne jede Bewegung ist, wie tot, was sie nur eben so feststellt und weiter schaut.

Sie könnte nicht sagen, wann genau sie damit angefangen hat, allerdings scheint es nicht allzu lange her zu sein, als wäre sie kürzlich aufgewacht, und wach ist sie zweifellos, es ist windig und frisch, und sie ist hier, in einem Stück Wald mit dieser Frau, die mit geschlossenen Augen am Boden liegt, jedoch nicht schläft, halb zur Seite gedreht im roten Kleid.

Die Frau liegt, und sie steht.

Sie ist älter, als sie wirkt, sagt sie sich und entdeckt irgendwann die Gemeinsamkeit: Sie tragen das gleiche Kleid.

Aber die Frau ist tot, sagt sie sich, bevor sie es mit einem gewissen Erschrecken für möglich hält, dass sie selbst die Tote ist, während sie gleichzeitig wie eine Lebende neben ihr steht und nun auch das Blut auf ihrem Rücken bemerkt.

Um Himmels willen, nein, schnell weg von hier, denkt sie, bevor sie sich mahnend sagt, dass man vor sich selbst nicht weglaufen kann, und sich mit dem verstrubbelten Haar der Toten beschäftigt, einem Rest Lächeln, das geblieben ist, etwas sanft Ungläubiges, wenn es das trifft, und tatsächlich trifft es die Sache ganz gut.

Noch mag sie sich nicht ganz eingestehen, dass sie eine Kopie der Toten ist, in allem gleich und wieder nicht, da sie selbst ja alles gut wahrnimmt und ansatzweise versteht, während die Tote nicht mal die Augen öffnen kann und bestimmt rein gar nichts versteht.

»Hallo«, versucht sie es und setzt sich zu ihr auf den Waldboden.

Sie tragen das gleiche Kleid, aber nicht nur das, sie haben das gleiche Gesicht, wie man annehmen muss, das gelockte Haar, das fast rabenschwarz ist, die kleine, spitze Nase, Arme, Beine, Schultern.

»Du Arme«, sagt sie zu ihr, zu sich.

»Wer hat dir das um Himmels willen angetan?«

Worauf die Tote nicht reagiert, wenngleich ihr in diesem Moment ein Windstoß durchs Haar fährt und es aussieht, als könne sie sich im nächsten Moment erheben und bis ins Kleinste erklären, was ihr geschehen ist.

Doch sie bleibt stumm und tot.

Aber ich bin es, die tot ist, sagt sie sich zum zweiten, dritten Mal, hört auf den Wind, bevor sie erneut die Tote betrachtet, die nach und nach zu einer anderen, Fremden für sie wird.

So vergehen ihr die ersten Minuten.

Aufstehen will sie vorläufig nicht; sie sitzt einfach so da, wartet, versucht, sich zu orientieren: Da drüben, nicht weit von hier, befinden sich ein asphaltierter Weg und dahinter ein leuchtendes Wasser, zu dem sie später vielleicht hingehen kann.

Sonst ist nichts und niemand zu entdecken, eine ganze Zeit lang, bis zwischen den Bäumen auf einmal alle möglichen Gestalten auftauchen, die teilweise sehr seltsame Kleidungsstücke tragen – Schlafanzüge und Nachthemden in den verschiedensten Farben und Zuständen, aus der Mode gekommene Anzüge, Röcke und Kleider, Blusen, Hemden, Mäntel.

Keiner von ihnen traut sich richtig nah ran, und so findet sie ihre Anwesenheit nicht sonderlich bedrohlich, da sie ja lediglich schauen und bedauernd den Kopf schütteln, vereinzelt miteinander flüstern oder etwas summen.

Gut ein Dutzend Männer, Frauen, Kinder, die seltsam geschrumpft wirken, durchweg einen Kopf kleiner, als sie sein müssten, das ist zumindest ihr Eindruck.

»Was wollt ihr von mir?«, ruft sie ihnen zu, was dazu führt, dass die Gestalten wie auf Kommando einige Schritte zurückweichen, jedoch anhaltend summen und flüstern, vereinzelt auch winken, sich jedoch nicht zu ihr wagen und nach und nach überhaupt zurückziehen und zwischen den Bäumen wieder verschwinden.

Und jetzt wird es um sie herum neuerlich ganz still, etwa eine halbe Stunde lang, bis vom Weg wieder Stimmen zu hören sind, die diesmal jedoch nicht weiterziehen, sondern bleiben.

Ein junger Mann und eine junge Frau.

»Stopp mal kurz«, ist der Mann zu hören. »Ich hab da was gesehen.«

»Was denn?«, fragt die Frau.

»Da drüben liegt jemand.«

Und sie: »Komm, lass uns weiterlaufen, ich mag das nicht.«

Doch der Mann hört nicht auf sie; er ist Anfang zwanzig, beinahe noch ein Kind, wie sie überlegt und mit Erleichterung feststellt, dass er lediglich die Tote wahrnimmt und nun ganz nahe vor ihr steht; sie müsste lediglich die Hand nach ihm ausstrecken, dann könnte sie ihn berühren, am Knie, ihm die Schuhe richten, weil einer seiner Schnürsenkel aufgegangen ist, was sie instinktiv unterlässt.

»Eine Frau im roten Kleid«, sagt der Mann, in einem Ton, dass seine Freundin oder Schwester sofort Bescheid weiß.

»Fass sie bloß nicht an; man soll Tote nicht anfassen!«

»Aber warum denn nicht?«, antwortet er und stupst sie mit den Füßen an, da sie ja möglicherweise schläft oder bewusstlos oder sonst wie am Leben ist.

»Wir müssen die Polizei verständigen«, sagt der Mann zu der Frau, die drei, vier Meter entfernt steht und ebenfalls noch ein Kind ist; sie will so schnell wie möglich weg von hier.

Und so gehen sie gemeinsam weg.

»Was müssen wir auch ausgerechnet in diesem blöden Park laufen«, ist die Schwester oder Freundin zu hören, und dann kehrt Ruhe ein und sie ist aufs Neue allein.

Sonderlich schlecht fühlt sie sich nicht. Sie weiß ihren Namen nicht, wer sie ist und woher sie kommt, bleibt jedoch ruhig, will irgendwann nicht mehr neben der Toten sitzen und begibt sich kurzerhand nach unten zu dem leuchtenden Wasser.

Auf der Stelle fühlt sie sich erleichtert.

Sie hat keine Ahnung, um welches Wasser es sich handelt, und misst der Frage auch keine Bedeutung bei, doch es scheint ein großes Wasser zu sein; ein paar Schiffe fahren nach und nach vorüber, auf der anderen Seite sieht man einen kleinen Yachthafen mit Anlegestelle, zwei, drei Cafés, wo Leute mit Jacken und Mänteln in der Vormittagssonne sitzen und essen, trinken.

Sie fragt sich, wie spät es wohl sein mag, und blickt eine Weile auf die andere Seite, wobei sie bemerkt, wie unendlich müde sie ist.

Aber eben bloß das.

Sie kann sich bewegen, sie kann denken, sieht und hört, findet es ansatzweise interessant, dass sie ohne jede Erinnerung ist, nimmt allerdings an, dass sich das ändern wird; sie kann nicht gut riechen, wie sie am Rande bemerkt, auch das Gehen ist anders, mehr ein Schweben als ein Gehen, was ganz lustig ist.

Sie kräuselt hübsch die Nase, während sie so über alles nachdenkt, was sie natürlich nicht weiß, da sie gar nichts weiß – nicht, wie sie hierhergelangt ist und warum in diesem Kleid, was ihr geschehen ist.

Anfangs dreht sie sich in kurzen Abständen zu der Toten, aber mit der Zeit zunehmend selten, als wäre es so leichter, sie zu vergessen, denn sie zu vergessen ist jetzt ihr Wunsch.

Bald darauf sind Sirenen zu hören und wenig später Stimmen, doch es dauert, bis sie bereit ist, sich mit ihnen zu beschäftigen.

Dort, wo die Tote liegt, hat man ein weißes Zelt aufgebaut, überall sind rot-weiße Absperrbänder, die sich im

Wind bewegen, mit Abstand sieben, acht Schaulustige, die nicht viel zu sehen bekommen, sich die Haare raufen oder weinen, jedoch mehrheitlich bloß glotzen.

Gut, jetzt holen sie mich, denkt sie.

Jetzt holen sie sie.

Weiß gekleidete Männer mit Masken treten aus dem Zelt und begeben sich wieder hinein, ein großer, bärtiger darunter, der sich mehrmals suchend umblickt und dann ebenfalls in das Zelt geht.

Und jetzt kämpft sie doch mit den Tränen.

Nein, nein, denkt sie.

Sagt Nein zu ihren Tränen, den weißen Männern mit ihren Masken, ihrem Zustand, dass sie nicht weiß, wer sie ist – obwohl es völlig zwecklos ist, sich dagegen zu wehren, weil es nicht das Geringste ändert.

Sie sitzt in einem Stück Wald am Wasser und versucht, sich einen Reim auf ihre Lage zu machen, sagt Wald, sagt Wasser, weiß, dass sie an einem Fluss sitzt, weil denken kann sie, wie gesagt, und dass die Worte das eine und die Dinge das andere sind, was ihr bloß nicht hilft.

Warum habe ich keine Schuhe an, fragt sie sich und beschließt, alles ganz langsam zu tun.

Man muss geduldig sein, ermahnt sie sich.

Sie erinnert sich an nichts, weiß jedoch gut, dass etwas mit ihr geschehen ist, das sich nicht rückgängig machen lässt, weshalb sie es wohl oder übel hinnehmen muss; ein paar Wolken ziehen vorbei, sie sitzt vorübergehend im Schatten, bevor neuerlich viel Sonne ist, und auf diese Weise – damit nur die Zeit vergeht – beschäftigt sie sich.

Im Warten bin ich ja gut, weiß sie, wenngleich sie nicht sagen könnte, woher.

Warum habe ich keine Schuhe an, überlegt sie wieder, beschäftigt sich vorübergehend mit ihren Füßen und anschließend mit ihrem schönen roten Kleid, das fast bis zum Boden
reicht und auch das Kleid der Toten ist, bedauert sich, klagt
und hört wieder auf damit, weil ja nichts so bleibt, wie es
ist, das Licht, Wind und Wetter und am Ende gewiss auch
sie selbst.

2
Können Sie mir erklären,
was ich hier mache?

Für Andrä wird es ein Glückstag. Das sagt er sich später wieder und wieder, weil ja alles ganz anders hätte kommen können, aber zum Glück nicht kommt: Er ist vor Ort, als sich das Team in Bewegung setzt, springt in letzter Sekunde in einen Wagen, ahnt natürlich nichts, erwartet nichts.

Es ist das erste Mal seit Langem, dass er von Anfang an dabei ist, den Tatort sieht, die Tote, die wie alle Toten müde und ergeben wirkt, obwohl er einen Rest Lächeln zu bemerken glaubt. Ihr rotes Kleid gefällt ihm, das man in den Müll werfen wird, wie er unweigerlich annimmt und nebenbei hört, wie sein Nachfolger über die Tote spricht und dass sie vorläufig nicht das Geringste über sie wissen; die Frau habe keine Handtasche bei sich gehabt; man habe kein Telefon gefunden, keine Papiere, nichts.

»Was macht jemand frühmorgens im Kleid in diesem Park?«

Das ist eine der ersten Fragen, die er sich in Gedanken notiert und gleichzeitig nach allen Seiten Ausschau hält, ob da irgendwo die Frau ist, die zu der namenlosen Toten gehört, und siehe, da drüben sitzt sie ja – reglos unter einem Baum, ganz nah am Ufer.

So aus der Ferne kann er nicht viel erkennen, denn sie wendet ihm den Rücken zu und blickt immerzu aufs Wasser; einmal hat er das Gefühl, dass sie weint, was unter den gegebenen Umständen nicht überraschend wäre, wobei sie wohl eher nur schnieft, jedenfalls will es ihm so scheinen.

Die Frau, die zu der Toten gehört.

Früher oder später wird er sich zu ihr hinbewegen müssen, wie er weiß, doch seltsam – er kann sich lange nicht entschließen. Wechselt irgendwann die Stellung und läuft in weitem Bogen ebenfalls ans Ufer, und in diesem Moment dreht sie sich in seine Richtung, wartet, bis er sich gesetzt hat, und nickt nicht mal dazu.

»Ich bin Andrä«, sagt er.

»Andrä, ja«, bestätigt sie.

Was fürs Erste alles ist.

⚘

Er schätzt sie auf Anfang. Mitte vierzig und beginnt, sich näher mit ihrem Kleid zu beschäftigen, das an einigen Stellen stark zerknittert ist, als wäre es aus Papier, sehr rot und fremd, und als sei es nicht gemacht, um von jemandem wie ihm betrachtet zu werden.

Trotzdem hört er nicht auf, es zu betrachten, macht sich nach und nach ein Bild von der Frau, die es trägt, betrachtet ihren leicht geschwungenen Mund, die graugrünen Augen.

Es gefällt ihm, dass sie ihn jetzt kurz ansieht, mit dem üblichen Blick, der von sich nichts weiß.

»Ich glaube, ich möchte erst mal weiter sitzen«, erklärt sie, womit er einverstanden ist.

Und sie schweigen; vom Tatort sind gelegentlich Stimmen zu hören, die Frau dreht sich mehrfach zu ihnen hin und wieder weg und bleibt die längste Zeit in ihren Gedanken.

»Sie haben ein weißes Zelt aufgebaut. Ist das da, wo die Tote liegt?«, fragt sie schließlich.

»Ja«, bestätigt er.

Das weiße Zelt sei ihr unheimlich, sagt sie, die weißen Anzüge der Männer, Frauen; dass es sich für sie um eine Arbeit wie jede andere handle.

»Ich weiß überhaupt nicht, was ich hier mache«, fügt sie hinzu. »Können Sie mir erklären, was ich hier mache?«

Er versucht, ihr ein paar grobe Hinweise zu geben, bloß versteht sie leider nicht und fängt immer wieder damit an, dass das alles nicht sein könne; dass sie doppelt sei, die Frau im roten Kleid, die neben ihm sitze, und die Frau im roten Kleid, die dahinten tot unter dem weißen Zelt liege.

»Das würde ich gerne begreifen. Begreifen Sie es?«

»Es ist, wie es ist«, sagt er.

Darüber sinnt sie länger nach, und als sie fertig damit ist, fragt sie, was er eigentlich von ihr wolle.

»Ich bin nur da«, sagt er.

»Aber ich erinnere mich an gar nichts, nicht mal an meinen Namen.«

»Ja, ich weiß.«

Und so fängt es zwischen ihnen an.

Er hat es nicht eilig mit der Frau, lässt sie reden, lässt sie schweigen, nachdenken, so sie beim Schweigen nachdenkt, was er in keiner Weise weiß.

»Eigentlich müsste man ja frieren, so im Schatten auf dem kalten Waldboden, doch ich friere nicht«, sagt sie.

»Bewegung wäre wahrscheinlich gut«, glaubt sie nach einer Weile und überlegt, ob sie aufstehen und gehen soll, raschelt mit ihrem Kleid und seufzt, worauf er sie wissen lässt, dass sie gar nichts müsse.

Trotzdem will sie jetzt unbedingt gehen, womit sie nicht sonderlich weit kommen, da sie nach wenigen Metern stehen bleibt und nun doch zu weinen anfängt, wobei sie zwischendurch flüstert, in verschiedenen Variationen, dass das alles bestimmt nicht wahr sei.

»Nein, nein, ich bin das nicht, bitte nicht, ich will das nicht, ich möchte nach Hause, deshalb weine ich so, ich könnte bloß noch weinen.«

In den Pausen, die mal länger, mal kürzer ausfallen, laufen sie den asphaltierten Spazierweg entlang, bis sie in einer Senke auf ein altes Gasthaus stoßen, das sie rechts liegen lassen und auf eine Anhöhe gelangen, von wo es einen weiten Blick über den sonnenbeglänzten Fluss gibt.

Die Frau hat bislang mit keiner Silbe gefragt, wer er ist, allerdings weint sie jetzt nicht mehr gar so viel, sondern beginnt, sich wie eine gewöhnliche Spaziergängerin mit der Umgebung zu beschäftigen – einem Stück Himmel, dem golden leuchtenden Laub, ein paar ortsansässigen Vögeln.

»Ich träume Sie sicher«, ist lange das Einzige, was sie in seine Richtung bemerkt.

»Sie trägt dasselbe Kleid wie ich, habe ich gedacht. Die Tote bin ich. Nur wer bin ich bloß?«

»Das müssen wir herausfinden«, antwortet er.

»Herausfinden«, sagt sie.

Und er: »Wir haben Zeit.«

»Zeit«, sagt sie und lächelt.

Auf dem Rückweg wirkt sie beinahe wieder vernünftig und erinnert sich nun auch an die Szenen des Morgens: Ein Pärchen in Joggingkleidung sei gekommen, beide in Weiß und recht jung und nervös; irgendwann habe sie Sirenen gehört und eine Gruppe Männer mit einer Frau sei aufgetaucht.

Mehr weiß sie nicht.

An das Rauschen der Blätter erinnert sie sich, dass es sehr windig gewesen ist und nicht hell, obwohl es bald darauf hell geworden ist.

»Wir sind ganz allein gewesen.«

Die Tote und sie, meint sie.

Inzwischen haben sie neuerlich das Gasthaus erreicht, von dem Andrä glaubt, dass er es kennt und schon dort gewesen ist, mit Christine, wie er unweigerlich annimmt, an einem unendlich fernen Sommertag.

Die Frau ist anhaltend gut zu Fuß und beschäftigt sich ohne Unterlass mit ihren Gedanken – wer sie mutmaßlich ist oder gewesen ist, warum da dieser Mann neben ihr läuft, mit welchen Absichten, aus welchen Gründen.

»Sie sind so eine Art Engel, nicht wahr? So etwas in die Richtung sind Sie doch.«

Aber woher denn, nein, widerspricht er und lässt sie mit wenigen Sätzen wissen, wer er gewesen ist.

»Ein Kommissar, ach ja? Das nenne ich einen Zufall.«

Inzwischen ist es lange nach Mittag und die Tatortarbeit findet allmählich ein Ende.

Sie haben sich noch einmal ans Flussufer gesetzt und die nächsten Schritte besprochen, welche man gehen möchte oder welche womöglich lieber nicht.

»Wir können dabei sein, wenn sie sich die Tote ansehen«, sagt er. »Aber ich glaube, es macht Sie traurig.«

»Ja, traurig«, erwidert sie. »Traurig sein gefällt mir.«

»Sie werden es schrecklich finden.«

»Ja, ja, ganz schrecklich, das will ich, ich will alles sehen und hören«, behauptet sie und dreht sich mehrfach zu der Stelle, wo die Tote liegt.

Kurz darauf fährt ein Wagen vor, damit wird man sie in die Gerichtsmedizin bringen, doch noch liegt sie in dem Zelt, wo sich die weißen Gestalten befinden, und Minuten später packen ein paar Hände die Tote ein und legen sie in eine Box, was gewiss ganz neu und unheimlich für die Frau ist.

»Sie tut mir so leid«, sagt sie, mit einer Art Ehrfurcht, die in diesem Moment auch er empfindet, obwohl da gleichzeitig verschiedene andere Empfindungen sind, zärtliche, besorgte, erfreute, denn es ist eine Freude, in der Nähe dieser Frau zu sein, wie er mit Erstaunen feststellt, die erste seit ganz Langem.

»Sie können sich jederzeit anders entscheiden«, lässt er sie wissen, worauf sie erwidert, dass sie das gewiss nicht tun werde und allerdings Bedenken wegen ihres zerknitterten Kleides habe, das so zerknittert gar nicht ist.

»Mein Kleid, mein Kleid«, jammert sie.

»Wo bin ich da bloß hineingeraten.«

Man merkt, dass ihr die Warterei nicht guttut, und tatsächlich warten sie bereits eine ganze Weile, was sich nach

Lage der Dinge nicht so schnell ändern wird; sein Nachfolger ist seit Minuten am Telefon, winkt Leute herbei, um sie wenig später wegzuschicken, schüttelt den Kopf, telefoniert, schüttelt neuerlich den Kopf.

»Sie kennen das alles, nicht wahr?«, vermutet sie.

»Die Tatortarbeit, meinen Sie?«

Aber die meint sie nicht; sie meint den Moment, in dem man zu begreifen beginnt, dieses Doppelte; dass es einfach weitergeht, beinahe, als wäre nichts.

»Ich sage es nicht gut.«

Er findet, man könne es nicht besser sagen.

»Ich bin so müde«, sagt sie. »Waren Sie auch so müde?«

»Müde trifft es nicht«, fügt sie hinzu.

Ernüchtert, denkt er, enttäuscht, wie jemand, der auf schändlichste Weise betrogen worden ist und glaubt, es nicht verdient zu haben.

Damals, am Hafen, ist das in etwa sein Gefühl gewesen, eines von vielen, weil er auch wütend gewesen ist, vor allem auf sich selbst, seinen Hochmut, seinen Leichtsinn.

Er hat lange nicht mehr daran gedacht, jetzt tut er es.

»Hauptsache, Sie geben sich nicht selbst die Schuld«, sagt er mit diesen Gedanken.

»Dass es so gekommen ist, meinen Sie? Ich weiß nicht, wie es gekommen ist.«

»Nein«, sagt er.

»Ich weiß nur, dass ich froh bin, dass jemand mit mir fährt.«

Sie kann sogar lächeln, stellt sich heraus, offenbar hat sie Vertrauen zu ihm gefasst, das bisschen, das nötig ist, um in Kürze in den Wagen der Gerichtsmedizin zu steigen und den nächsten Schritt zu tun.

»Sind Sie weiterhin sicher, dass Sie das wollen?«

»Wollen«, sagt sie.

Sie sieht wirklich sehr müde aus, lächelt müde, nickt müde, während er sich fragt, warum da vorne seit einer halben Stunde partout nichts vorangehen will.

»Wir haben Zeit.«

»Ja, ja, ich weiß«, sagt sie und zupft an ihrem Kleid, so auf eine mädchenhaft kokette Art, dass man glauben möchte, sie lege eben noch Hand an, bevor es ins Theater oder die Oper geht, was nie seine Sache gewesen ist, in den ersten Jahren mit Christine allenfalls, nur an Christine will er jetzt nicht denken.

3

Allmählich kapiert sie es

Sie findet seine Stimme angenehm, mag ansatzweise den Bart; dass er sich kümmert und nicht von ihrer Seite weicht.

Das alles mag sie an ihm, wenngleich ihr seine Gründe unklar geblieben sind; fast will sie ja annehmen, dass er doch eine Art Engel ist, wer weiß, außerdem scheint er ihr Kleid zu mögen, kennt sich in allem gut aus, und sie hat so viele Fragen.

»Ich glaube, wir können«, lässt er sie irgendwann wissen und sieht ihr zu, wie sie neuerlich über ihr Kleid streicht und dann tapfer neben ihm her zu der Stelle läuft, wo sie vor Stunden zu sich gekommen ist.

Sie merkt, wie sich alles in ihr sträubt, und trotzdem muss und will sie da jetzt hin; die Tote liegt inzwischen im Wagen in der verschlossenen Box, man kann ohne Schwierigkeiten zu ihr, die Heckklappe steht offen, und so steigt sie kurzerhand dazu.

»Ich habe gedacht, es ist dir vielleicht lieber, wenn du die Fahrt nicht alleine machen musst«, sagt sie zu der Toten, was, wie sie weiß, völlig unsinnige Sätze sind, die sie trotzdem sagt.

An diesen Andrä hat sie vorübergehend nicht mehr gedacht, aber kaum ist er ihr wieder eingefallen, klettert er in den Wagen und setzt sich neben sie.

»Ich finde es auf einmal richtig so«, erklärt sie.

»Ja«, sagt er dazu.

Jemand schließt die Heckklappe, die Fahrertür wird geöffnet und zugeschlagen, und jetzt fährt der Wagen los, und sie sitzt mit dem fremden Mann bei der Toten, die in ihrer Sarg-Box liegt.

Es ist richtig, dass sie bei ihr sitzt, und es ist gut, dass der Mann sie nicht alleine lässt und mit seinen Gedanken beschäftigt ist und nichts weiter von ihr will.

Anfangs fahren sie recht langsam und anschließend zügig auf einer Straße, die sehr kurvig ist; einmal hört man ein Hupen, dazu ein paar Vögel, wie sie glaubt und mit einem Mal weiß, dass sie in einer Stadt ist – in dieser Stadt hat sie gelebt, früher, wie sie sich sagt, wenngleich dieses Früher keinen Tag zurückliegt.

Bloß wer um Himmels willen ist sie in dieser Stadt gewesen?

Eine Frau, überlegt sie, ich bin eine Frau gewesen, erst ein Mädchen, später eine Frau; ich bin zur Schule gegangen, habe Eltern gehabt; ich bin einer Arbeit nachgegangen, habe gegessen, getrunken, habe geschlafen, allein oder zu zweit, habe mich gelangweilt, mich gefürchtet.

»Ich bin ein Niemand«, sagt sie sich und denkt an die Tote, die allein und tot in ihrer Sarg-Box liegt, an die Szene im Wald, als sie sie entdeckt hat im roten Kleid.

So in etwa überlegt sie, bemerkt, dass auch der Mann sich neuerlich mit dem Kleid beschäftigt, wenngleich, wie sie zu wissen glaubt, auf andere Art als sie.

&

Anfangs kommen sie gut voran, dann geraten sie mehrfach ins Stocken und stehen mehr, als dass sie fahren.

Wieder muss sie sich sagen, dass sie ein Niemand ist, während der Mann am Steuer nicht mal ahnt, dass es Niemande wie sie überhaupt gibt, was sie für einen Moment beinahe amüsiert.

Andrä ist ebenfalls so ein Niemand, obwohl er gleichzeitig mehr als das ist, jemand, der zu genauen Schlüssen gelangt ist, der sich nicht abfindet und zugleich alles akzeptiert.

So ein Mann, glaubt sie, ist er.

Wahrscheinlich findet er sie ja schrecklich langweilig, weil sie ununterbrochen an sich denkt und lauter dummes Zeug redet oder schweigt oder mit den Tränen kämpft, was in diesem Augenblick erneut der Fall ist, weil es schwer ist, schweigend neben der Toten zu sitzen, die nicht mal ansatzweise weiß, was ihr bevorsteht, oder es womöglich ahnt und sich auf ihre Art fürchtet.

Es ist ein Fehler gewesen, dass sie zu ihr gestiegen ist, das wird ihr plötzlich klar; was im ersten Moment richtig erschien, hat sich in Kürze als das Allerfalscheste herausgestellt.

»Ich bin ganz falsch«, sagt sie, worauf Andrä meint, dass es da nichts Falsches gebe, es sei alles ganz richtig an ihr.

»Wir sind bald da«, erklärt er.

»Turmstraße«, sagt er, womit sie wie üblich nicht das Geringste anzufangen weiß.

Sie will, dass er verspricht, sie jetzt und in Zukunft nicht als Kranke zu behandeln, denn krank sei sie nicht, was er auch nicht behauptet hat.

Trotzdem verspricht er es.

»Vielleicht unterhalten wir uns bei Gelegenheit darüber, es ergibt sich bestimmt eine.«

Gelegenheit, ja, sagt sie sich.

⚜

Und nun sind sie wirklich da.

Sie fahren auf ein weitläufiges Gelände und erreichen eine rot-weiße Schranke, bleiben kurz stehen und passieren sie, bleiben neuerlich stehen.

»Ich denke, es ist besser, wenn Sie sich ein wenig fürchten«, sagt er jetzt und lässt sie wissen, was sie zu sehen bekommen wird, irgendwo dadrin in einem Saal, wie er den Ort fast feierlich nennt.

So besorgt, wie er sie ansieht, scheint er weiterhin zu glauben, dass sie sich sehr fürchtet, dabei fürchtet sie sich vorläufig nicht besonders, was in der Hauptsache daran liegt, dass jemand bei ihr ist, während die Tote ganz allein im Wagen liegt; der Fahrer hat es erkennbar nicht eilig mit ihr, er raucht und schaut sich etwas in seinem Smartphone an, das ihn zum Lachen bringt, bevor er mit Handschlag von einem Mann begrüßt wird, der ihm anschließend beim Tragen der Sarg-Box hilft.

Allzu schwer ist die Tote offenbar nicht, sie verliert bereits an Gewicht, wie sie seltsamerweise vermutet und sich wundert, warum sie den Männern nicht folgen.

»Wir warten besser noch«, rät er. »Ein paar Minuten.«

»Gut, einverstanden«, sagt sie, denn warten, wie gesagt, kann sie.

Etwas lästig ist, dass nun wieder diese Gestalten auftauchen, die natürlich andere sind als am Morgen, sich jedoch genauso benehmen, zudringlich und ängstlich sind und durchweg Winterkleidung tragen, schwere Mäntel und Jacken, dazu Schals und Handschuhe und Mützen in allen Farben.

»Du bist neu, nicht wahr?«, sagen sie und singen, summen für sie, was sie ja bereits kennt.

»So, ich glaube, wir können«, sagt Andrä, der auf die Gestalten nicht geachtet hat, sie jetzt jedoch ermahnt, ihnen auf keinen Fall zu folgen, sie mehrfach regelrecht anfaucht und sich anschließend vergewissert, dass sie sich nicht von der Stelle bewegen.

Und jetzt beginnt sie sich doch zu fürchten; ohne diesen Andrä würde sie sofort kehrtmachen.

Sie folgt ihm durch einen schwach beleuchteten Flur, steigt irgendwelche Treppen nach unten, ohne groß darauf zu achten.

»Andrä?«, fragt sie, damit er nicht etwa auf die Idee verfällt, ihr wegzulaufen; doch er scheint gar nicht daran zu denken und sagt so in seinem üblichen optimistischen Ton: »Keine Sorge, da vorne um die Ecke, dann sind wir da.«

»Alles in Ordnung so weit?«

»Ja, alles in Ordnung«, erwidert sie, und tatsächlich fühlt sie sich halbwegs gewappnet; sie fürchtet sich, weil es vielleicht schlimm wird, wenn auch bloß für eine begrenzte Zeit; man geht in die Zeit hinein, und kaum ist man drin, hat man sie schon hinter sich gebracht.

»Ich bin sehr froh, dass Sie mich gefunden haben«, sagt sie, worauf er zurückgibt, dass ja wahrscheinlich er der Gefundene sei, was ihr als Antwort gefällt.

»Da drüben«, sagt er, wozu er aufmunternd nickt, da er so etwas wie zu Hause hier ist.

Fast ist sie versucht, ihn zu bitten, sie in den Arm zu nehmen, bevor sie sich sagt, dass sie ihn ja nur flüchtig kennt und alleine zurechtkommen muss.

»Also ja?«, fragt er.

Worauf sie tapfer nickt.

Na gut, denkt sie, ich kann das hier, er ist bei mir, er verlässt mich nicht, also kann ich das doch.

Und so ist es.

Er zeigt auf eine halb offene Tür, und da gehen sie jetzt durch, und schon sind sie drin.

4
In der Gerichtsmedizin

Er hat ihr nicht ohne Grund geraten, sich zu fürchten, und tatsächlich scheint sie auf ihn gehört zu haben, passt auf den letzten Metern nicht gut auf, stolpert zwei-, dreimal, achtet nicht auf das, was um sie herum ist, sondern läuft ihm nur irgendwie hinterher.

Aber jetzt sind sie drin.

Nach über zwanzig Jahren Dienst kennt er die Räumlichkeiten und Abläufe auswendig, weshalb er versucht, die Dinge mit den Augen der Frau zu betrachten: die metallene Bahre, auf die man die namenlose Tote gelegt hat, die unzähligen Instrumente, Messer, Skalpelle, Stichel, Löffel, Zangen, das erbarmungslose Licht, die Waschbecken und was einen sonst erschrecken mag, bevor es überhaupt losgegangen ist.

Anfangs stört ihn, dass er die beiden Diensthabenden nicht kennt, was sich jedoch als Vorteil erweist, da er in der Folge weniger abgelenkt ist, wobei die beiden nicht viel sprechen, sondern sich den eingeübten Routinen überlassen und zu Beginn lediglich respektvoll schauen – wie die neue Tote daliegt und in aller Ruhe abwartet, was mit ihr geschehen wird.

Die Frau schaut ebenfalls.

Ganz nah ran will sie offenbar nicht, deshalb bleiben sie bei den Waschbecken, von wo man das meiste in einer verträglichen Dosis sehen kann: wie sie der Toten das Kleid vom Leib schneiden und sie umdrehen, die drei Einstichstellen am Rücken untersuchen, ihren Unterleib, da womöglich sexuelle Handlungen stattgefunden haben, ihre Fingernägel, falls sie sich gewehrt hat, ihre Nase, ihren Mund.

All das.

Er hat Schwierigkeiten, die Tote so nackt und ausgeliefert zu sehen, und senkt mehrfach den Blick, während die Frau keine Sekunde wegschaut und nebenbei über ihr rotes Kleid streicht, um zu prüfen, ob es weiterhin da und intakt ist und nicht wie das andere zerschnitten.

Irgendwann taucht Bertram mit der Staatsanwältin auf, und es gibt die ersten Informationen: Jemand hat die Frau umgefahren, mutmaßlich mit einem Fahrrad; es gibt Schürfwunden an Händen und Knien, dazu die drei Einstiche auf dem Rücken, die mit großer Wucht erfolgt sein müssen, mit einem einfachen Brotmesser, das der Täter offenbar mitgenommen hat; die Frau hat noch gelebt, sie ist ein ganzes Stück gelaufen, die Böschung hoch zu der Stelle, wo man sie gefunden hat; es gibt keine Schleifspuren, was dafür spricht, dass der Täter sich nicht um sie geschert hat: ein Mann, nehmen alle an, eher jung, obwohl es nicht den geringsten Anhaltspunkt dafür gibt.

Die drei Einstiche und die Schürfwunden sind praktisch alles, was sie zuverlässig haben; Sexualverbrechen eher unwahrscheinlich; niemand vermisst sie oder hat angegeben, sie zu vermissen.

Was ein Rätsel ist.

Warum sie frühmorgens im Kleid in einem Park spazieren gegangen ist, ist ein Rätsel, die fehlenden Schuhe sind eins, das Kleid, das recht ausgefallen ist, wie alle finden, eines, das man zu besonderen Anlässen trägt, bei einer Hochzeit zum Beispiel, aber nicht frühmorgens in einem abgelegenen Stück Park.

♣

Unterdessen hat einer der Pathologen begonnen, den Brustkorb der Toten zu öffnen, er mag neuerlich kaum hinsehen, während die Frau jeden einzelnen Schritt genau wahrnimmt und nun flüsternd zu kommentieren beginnt, die dazugehörigen Geräusche, die zweifellos schrecklich für sie sind, das Atmen der beiden Männer, die sie zur Toten erst machen, sie einer letzten Nacktheit ausliefern, sie zerstören, sie zerlegen, um das Zerlegte später in Teilen zu präparieren oder in den Mülleimer zu werfen.

So denkt er jedenfalls, einigermaßen verwundert, weil er früher nicht so gedacht hat und es sich damit erklärt, dass es der Körper der Frau ist, die keinen Namen hat und nun gar nicht mehr ängstlich wirkt, sondern ruhig und neugierig die Männer bei ihrer Arbeit beobachtet und sogar lächelt; Bertram und die Staatsanwältin sind längst weg, sie haben anderes zu tun, und auch er würde am liebsten weg.

»Ich glaube, wir können gehen, mehr erfahren wir heute nicht«, sagt er und meint ihren Namen – mit ihrem Namen müssten sie sich wohl noch gedulden.

»Warte, ich möchte mich von ihr verabschieden«, antwortet sie, womit er nicht gerechnet hat und nun erstaunt zusieht, wie sie sich der Toten vorsichtig nähert, überlegt, wie und wo sie sich hinstellen soll, und dann auf der Höhe ihres Gesichts die Hände faltet und sich dreimal vor ihr verbeugt, offenbar ein paar Worte sagt und sie die ganze Zeit unverwandt anblickt, auf ratlose Weise bekümmert, bevor sie sich mit einem Ruck von ihr wegdreht und zurück zu den Waschbecken läuft.

»Sie tut mir so leid«, sagt sie. »Und ich kann ihr gar nicht helfen.«

»Nein.«

»Alles andere ist gut«, sagt sie. »Die beiden Männer haben das gut gemacht; es ist alles zum Fürchten, aber gut gemacht haben sie es, ihre Arbeit ist interessant, sehr lehrreich, für jemanden wie mich auf jeden Fall.«

Offenbar weiß sie nicht, was sie redet, denkt er, und dass er sie nicht mitnehmen hätte sollen, wenngleich es ihr ausdrücklicher Wunsch gewesen ist, und tatsächlich dankt sie ihm überschwänglich dafür, hat Tränen in den Augen, dankt ihm; alles sei, wie es sei, das habe er vorhin am Wasser doch gesagt, und selbstverständlich habe er recht, nichts sei ganz und gar schlimm, jedenfalls hoffe und glaube sie das, und Hoffen und Glauben seien ja beinahe eins.

»In mir ist alles so gewürfelt«, sagt sie und lässt sich widerstandslos nach draußen ins Treppenhaus führen, wo sie nun wiederum in Tränen ausbricht und sich dafür entschuldigt, dass sie ihn versehentlich geduzt hat.

Und dann stehen sie unten auf der Straße und sind überrascht, wie dunkel es zwischenzeitlich geworden ist.

Die Frau will ein bisschen laufen, was er erstaunlich findet, allerdings ist ja beinahe alles an ihr erstaunlich, wie unerschrocken sie gewesen ist, ihre Fragen, ihr Schweigen, wie sie ihn jetzt ansieht.

»Na, sind Sie schon klug geworden aus mir? Ich glaube, Sie kennen mich besser als ich.«

»Ich bin erst ganz am Anfang«, sagt er.

»Gut. Und wohin gehen wir jetzt?«, will sie wissen und hat sogleich die Antwort; er habe da vor Stunden im Park erwähnt, dass er früher ein Kommissar gewesen sei, also habe er vielleicht Lust, ihr seinen alten Arbeitsplatz zu zeigen.

»Es geht die ganze Zeit um mich, und jetzt möchte ich, dass es mal um Sie geht.«

So, tatsächlich, sagt sie es.

Der Weg ist weit und bunt, jedoch nicht so weit, dass man sich hätte beschweren müssen; er erklärt ihr, was es mit den Türen auf sich hat und dass es sein kann, dass sie heute gar nicht mehr reinkommen, obwohl Bertram und seine Leute mit ziemlicher Sicherheit im Haus sind; seine Mitarbeiter wahrscheinlich ebenfalls.

»Sie haben Mitarbeiter?«

»Na ja, Mitarbeiter«, sagt er und lässt sie vorsorglich wissen, dass die beiden gewöhnungsbedürftig sind, von den schrecklichen Flügelhemdchen, mit denen sie herumlaufen, ganz zu schweigen; doch sie sind zuverlässig, halten Augen und Ohren für ihn auf, wenn es neue Fälle gibt, und wenn es gerade keine neuen Fälle gibt, besuchen sie ihre Witwen oder unterhalten sie sich über Kriminalromane.

Karl und Karl.

»Ich glaube, da drüben, das sind sie«, sagt sie, und tatsächlich, sie sind es, erraten natürlich, wer die Frau ist, und bieten unter vielen Verbeugungen ihre Dienste an; die beiden Karls lassen sie wissen, dass sie beide Karl heißen, und man merkt, dass sie jetzt schon Schwierigkeiten hat, sie auseinanderzuhalten: zwei zappelige Greise, die sich die Zeit mit Mordfällen vertreiben.

Aber man merkt, dass sie sie sofort mag.

»Danke, ihr seid lustig«, sagt sie, was den beiden sichtlich gefällt.

»Suchen Sie ein hübsches Quartier? Mit oder ohne Gesellschaft? Wir haben alles im Angebot«, erklären sie, worauf sie länger überlegt und dann sagt, dass sie zu der Stelle will, wo sie gelegen hat, wo sie zuletzt am Leben gewesen ist.

»Auch dorthin können wir Sie bringen, wir kennen den Weg.«

Er ist überrascht, fast ein wenig enttäuscht, er hätte sie lieber bei sich behalten.

Aber gut, wenn das ihr Wunsch ist, ist es doch gut, seine Mitarbeiter werden sie zuverlässig zu der Stelle bringen, sie ist nicht aus der Welt, sie bewohnen ja jetzt dieselbe.

»Ich glaube, das ist für mich gerade das Beste.«

»Einverstanden«, sagt er.

Ob er sie morgen abholen könne, fragt sie.

»Der Zeitpunkt ist egal, wann immer es Ihnen passt; ich warte auf Sie.«

Und weg ist sie; dreht sich ein letztes Mal um, winkt ansatzweise, lächelt, wenn er es richtig wahrnimmt, und schon ist sie mit den beiden weg.

Inzwischen muss es gegen Mitternacht sein, und obwohl er es lieber gehabt hätte, wenn sie geblieben wäre, findet er es bald angenehm, den Abend für sich zu sein, was ja nicht ausschließt, dass er nach Lust und Laune an sie denken kann, die wichtigsten Szenen: am Fluss das gemeinsame Schweigen, ihre Tränen, ihr erster Blick und wie erschrocken sie gewesen ist, als man der Toten das Kleid vom Leib schnitt.

Wie kann es sein, dass niemand sie vermisst?

Dass sie alleinstehend gewesen sein soll, mag er nicht recht glauben, aber womöglich verhält es sich ja so.

Morgen finde ich wenigstens ihren Namen heraus, sagt er sich, was ihn dazu bringt, schon mal zu suchen und zu probieren – Namen, die zu ihrem Kleid passen, ihrer Stimme, ihrer hübschen Nase –, und die Suche bald aufgibt, weil es einfach zu viele sind und kein einziger für alles passt.

Und jetzt sitzt er nur.

Auf der Straße ist zu dieser Stunde kaum jemand unterwegs, das Leben findet ein paar Ecken weiter statt, bloß nach dieser Art Leben ist ihm nicht; auch ein Quartier mag er sich nicht mehr suchen, er überlegt, ob er auf die andere Straßenseite wechseln soll, um am Ende einfach sitzen zu bleiben und darauf zu warten, dass für Stunden alles aufhört und ein neuer Tag beginnt.

»Ja, morgen«, denkt er und dass die Frau ein Teil von diesem *Morgen* sein wird, mit großer Wahrscheinlichkeit jedenfalls, da sie ja gesagt hat, dass sie auf ihn warten will, was gewiss klug von ihr ist, schließlich ist alles völlig neu für sie, während er das meiste in- und auswendig kennt und sich nur zu gerne weiter um sie kümmern wird.

5
Allein und doch nicht allein

Am nächsten Vormittag lernt sie ein Mädchen mit blonden Zöpfen kennen.

Sie hat die Nacht an der Stelle verbracht, wo die Tote gelegen hat, und ist mit den ersten Sonnenstrahlen ans Wasser gewechselt, wo sie neuerlich den Schiffsverkehr beobachtet und das Licht auf dem Wasser und die ziehenden Wolken.

Sie vermag in keiner Weise zu sagen, wie und ob sie geschlafen hat, doch sie kann unterscheiden, was gestern und was heute ist, und einiges ist ja immerhin gewesen.

Andräs lustige Mitarbeiter hat sie schnell weggeschickt; sie haben wieder und wieder betont, welche Freude es sei, sie zu begleiten, viel Gutes über Andrä gesagt und wenig Genaues über sich, allerdings ist sie auch nicht sonderlich neugierig gewesen.

Sie sind mit ihr im Bus gefahren und haben ihr den Rest Weg zu der Stelle beschrieben und sie ohne Widerrede ziehen lassen.

Karl und Karl; beide nicht mehr die Jüngsten, Krimifans, wenn sie richtig verstanden hat, beide auf angenehme Weise besorgt.

»Wenn Sie etwas brauchen oder sich nicht auskennen,

müssen Sie bloß rufen, dann sind wir da«, haben sie zum Abschied gesagt.

Aber sie hat alles zuverlässig gefunden; jemand hatte einen Strauß weiße Rosen nahe der Stelle abgelegt, die Absperrbänder waren noch da, während alles andere weg war: das weiße Zelt, die Männer und Frauen, ihr Gefühl der Angst.

Jemand hat Blumen für mich gekauft, wie nett, hat sie gedacht, für sie, für uns beide, obwohl die Tote sie ja gar nicht mehr sehen würde.

⚘

Gestern, im letzten Dämmerlicht, ist das gewesen, und jetzt ist jetzt; heute ist jetzt, ihr zweiter Tag; Jogger sind an ihr vorbeigelaufen, Leute mit Hunden, Frühaufsteher aller Art, die Schlaflosen, Sorgenvollen, wie sie mit einem Gefühl der Verbundenheit denkt, und in diesem Augenblick taucht das Mädchen auf.

Da es von hinten kommt, nimmt sie anfangs bloß wahr, dass sich jemand nähert, sie hört Schritte, dann die Stimme.

Ob sie sich zu ihr setzen dürfe, fragt die Stimme, und da erst bemerkt sie, dass sie einem Mädchen mit Zöpfen gehört.

Es ist wie sie selbst barfuß und lediglich mit einem fliederfarbenen Schlafanzug bekleidet – Ende vierzehn, Anfang fünfzehn mag es sein.

»Ich habe dich gestern gesehen«, beginnt es, als wäre das der Grund, warum es nun neben ihr sitzt.

»Wie heißt du denn?«, erkundigt sie sich, und darauf das Mädchen: »Solveig.«

»Was ich bloß weiß, weil Andrä es für mich herausgefunden hat. Hast du ihn schon kennengelernt?«

Sie nickt.

»Er ist wirklich ein Schatz, ein bisschen alt, doch dafür hat er Ahnung«, fährt das Mädchen fort.

Und nach einer Pause: »Bei mir ist es vor einem Jahr passiert, auf den Tag genau, weshalb heute gewissermaßen mein Geburtstag ist, falls du mir gratulieren willst.«

»Warum bist du im Schlafzug?«, fragt sie, obwohl sie es in gewisser Weise längst weiß und trotzdem fragt und darüber vergisst, dem Mädchen zum Geburtstag zu gratulieren.

»Den habe ich zuletzt angehabt, so wie du dein rotes Kleid angehabt hast. Doch das meiste weiß ich gar nicht und werde es wohl auch nie wissen, außer dass ich einen sehr bösen Vater habe, der mir das alles angetan hat.«

Darauf sprechen sie beide länger nicht. Hören auf den Wind, auf die Stille, wenn der Wind sich kurz legt, und anschließend neuerlich auf den Wind, das Rascheln der Blätter, das ans Ufer schwappende Wasser.

Wie hieß das Mädchen schnell noch mal?

Solveig, ja, genau, jetzt fällt es ihr wieder ein.

»Wir sind Gespenster«, sagt sie.

»Ja, klar«, antwortet Solveig.

»Ich glaube, ich habe keine Minute geschlafen«, sagt sie, worauf das Mädchen sie belehrt, dass niemand ihresgleichen *schläft*, wenngleich es viele so nennen, weil es nach früher klingt, nur eben doch völlig anders ist.

»Wir schlafen nicht, wir starren«, sagt das Mädchen. »Geh auf einen Friedhof, dann siehst du, wie sie mit offenen Augen glotzen, was genau unser Schlaf ist, denn einen anderen gibt es nicht.«

»Ah ja, so ist das; das habe ich nicht gewusst.«

»Na, woher auch, deshalb erkläre ich es dir ja«, sagt das

Mädchen, das nun nach ihrer Hand greift, was seltsamerweise kaum zu spüren ist, als wären ihrer beider Hände Gebilde, die keinen rechten Widerstand erzeugen, etwas, das man gut festhalten muss, damit es nicht wegfliegt, obwohl ja gar nichts Festes vorhanden ist, nur eine, wie sie denkt, luftig-wolkige Zärtlichkeit.

»Du erinnerst dich an überhaupt nichts?«, fragt das Mädchen, das Solveig heißt.

»Nein«, sagt sie.

»Ich könnte mir vorstellen, dass du Lehrerin gewesen bist, eine Ärztin, verheiratet natürlich«, mutmaßt das Mädchen, während sie sich rein gar nichts Früheres vorstellen kann und allmählich begreift, dass es nicht zu Ende ist, das Leben, wie sie beinahe denkt, etwas, das rätselhafterweise bleibt und auf eine bestimmte Weise weitergeht, das Mädchen ist ja das beste Beispiel dafür.

»Ist es also gut, dass ich gekommen bin?«, fragt es.

»Ja, schon«, antwortet sie.

»Ich muss leider trotzdem los«, sagt es und greift ein zweites Mal nach ihrer Hand, auf diese neue, flüchtig-zärtliche Art, an die sie sich schwer gewöhnen kann.

»Wir sehen uns morgen«, sagt es zum Abschied. »Gleich morgen sehen wir uns wieder.«

Worauf es sich erhebt und nach hinten Richtung Bäume geht, sie allein lässt.

Und so ist sie eine Zeit allein, bevor zu ihrem Verdruss neue Gestalten auftauchen, ausnahmslos Frauen, die sich zielsicher in ihre Richtung bewegen.

»Ja, dürfen wir?«, fragen sie, und also nickt sie bloß und sieht zu, wie sie nacheinander Platz nehmen, studiert in aller Ruhe ihre Schlafanzüge und Totenhemdchen und was sie sonst so tragen, ihre Körper, Gesichter, die unterschiedlich frisch sind, unterschiedlich hell, unterschiedlich sympathisch, sieben an der Zahl.

Sie hat nicht vor, sich groß um sie zu bemühen, was auch nicht nötig ist, weil sie alles von selbst sagen, ihr Alter nennen, wie lange sie schon ihr Gespensterleben leben, wo und wie und mit wem.

»Du stehst in allen Zeitungen, da haben wir gedacht, schauen wir uns die Berühmtheit mal an«, sagen sie.

»Wir sind am liebsten unter Frauen«, sagen sie. »Und eine Frau bist du ja.«

»Ich bin übrigens Rita«, beginnt die Wortführerin zu erklären. »Und das ist Kathrin und das Almut, die an die neunzig ist und am liebsten über komplizierte Skatpartien spricht; Johanna ist seit Tagen schlecht gelaunt und hat sich trotzdem mit auf den Weg gemacht, und dann hätten wir da unser Nesthäkchen Charlotte, das schlechte Laune nicht kennt, und neben ihr sitzt Elisabeth, die wir Sissi nennen, und daneben Frieda in ihrem furiosen gelben Rock.«

Alle heben kurz die Hand, damit sie sich besser auskennt, aber sie kennt sich nicht aus, fühlt sich halbwegs wohl und hat keine Ahnung, was die Frauen in Wirklichkeit von ihr wollen.

Verschiedene Fragen nach ihrem Befinden werden ihr nun gestellt, wie ihre erste Nacht verlaufen sei, ob sie sehr traurig sei, wo sie das schöne Kleid gekauft habe, warum sie gar nie lächele, außer manchmal ein bisschen.

»Nun lasst sie doch endlich in Ruhe«, sagt die Frau, die Frieda heißt. »Dafür sind wir schließlich nicht da.«

»Du bist eine ungewöhnlich schöne Frau«, fügt sie hinzu.
»Was du, glaube ich, nicht gut weißt.«

»Ich weiß gar nichts«, erwidert sie, wozu die Frauen reihum seufzen, als wollten sie von diesen Dingen nichts hören.

Am Ende läuft es darauf hinaus, dass sie eine Einladung aussprechen.

»Wir machen jeden Tag was«, erklärt Rita. »Gehen ins Kino, Theater, in die Oper, sitzen in Cafés und Restaurants und lachen über die Kümmernisse der Lebenden, machen Ausflüge.«

Vielleicht sei das ja was für sie; man treffe sich täglich um elf am Rathausbrunnen, und anschließend ziehe man los oder verabrede sich für den Abend oder beides.

»Eingeladen bist du auf jeden Fall«, sagt Rita. »Wenn du so weit bist, meine ich, denn hier und heute bist du nicht so weit.«

»Nein«, gibt sie zu und ist erleichtert, dass sie bald darauf wieder allein ist und sich auf die Suche nach ihren Traurigkeiten begeben kann, die tatsächlich brav auf sie gewartet haben, nicht lange grüßen, sondern in Windeseile die ihnen zugewiesenen Plätze einnehmen.

Es ist alles so seltsam, denkt sie, womit sie immerhin zugibt, dass es erträglich ist.

Sonst fällt ihr nicht viel ein.

Sie steht auf und setzt sich wieder, läuft zu den weißen Rosen, die schon anfangen zu welken, und weiter zu der Stelle, wo sie mit Andrä gesessen hat.

Ob er sie wie versprochen abholt?

Sie hat ihn ausdrücklich darum gebeten, was ihr früher so leicht nicht eingefallen wäre, wie sie auf einmal zu wissen glaubt, obwohl das Bitten etwas Schönes ist, wie sich gerade zeigt, und tatsächlich hat der liebenswürdige Andrä sofort Ja gesagt und sich über ihre Bitte sogar gefreut.

Sie hat nicht gewusst, dass man mit Vornamen Andrä heißen kann; auch einen dunkelbraunen Zweireiher wie den seinen hat sie nie zuvor gesehen; er hat viele schwarze Härchen auf seinen Händen, die Haare am Kopf sind schwarz, der Bart natürlich, mit ein paar grauen Strähnen, die Augen braun, dazu der volle, freundliche Mund, den sie fast am liebsten hat, wobei ja alles freundlich an ihm ist, wie er spricht, wie er sie mustert.

Sie würde sich gern mal im Spiegel sehen, denn einen richtigen Eindruck bekommt man von sich ja erst, wenn man sich in die Augen schauen kann.

Man hat keinen Hunger mehr, keinen Durst, überlegt sie, und dass Jammern schon mal gar nicht hilft; es ist, wie es ist, denn das hat er gesagt und bestimmt recht damit.

So in etwa denkt sie, bevor sie wieder nur sitzt und aufs Wasser blickt, sich ausruht und aufs Wasser blickt und beobachtet, wie ihr die Zeit vergeht.

6
Die üblichen Verdächtigen

Am späten Vormittag gibt es endlich die erhofften Neuigkeiten.

Andrä sitzt bereits seit Stunden in Bertrams Büro im vierten Stock, hat geduldig gewartet, bis die ersten Stimmen zu hören gewesen sind, darunter irgendwann die seines Nachfolgers, der nur kurz hereinschaut und dann das Team zusammentrommelt, um die Lage zu besprechen.

Es ist spät geworden gestern, Bertram sieht müde aus, dafür kommt Bewegung in den Fall: Es gibt eine Vermisstenanzeige, zwei Stunden später die Bestätigung, dass die Vermisste die Tote ist; Lilli heißt sie, und sie ist verheiratet, mit einem Mann namens Paul Ehrlicher, der mit beinahe vierundzwanzigstündiger Verspätung bemerkt hat, dass seine Ehefrau ausgeblieben ist.

Gegen Mittag brechen sie auf, um ihn zu befragen; Bertram fährt, auf dem Beifahrersitz sitzt eine neue Kollegin, die nicht viel redet, während er von der Rückbank aus zu erraten versucht, wohin sie die Reise führen wird – in eines der wohlhabenden Viertel im Süden, wie er glaubt und damit völlig richtigliegt.

Das Haus des Ehepaars besteht aus zwei übereinandergestapelten Kuben, der obere ist leicht nach hinten rechts versetzt; die Fassade ist in einem mittleren Grau gestrichen, wie es derzeit Mode ist, es gibt ein überdimensioniertes Panoramafenster im Erdgeschoss und mehrere runde Fenster im ersten und zweiten Stock.

Drinnen ist alles weiß: die Couch, die Sessel, die amerikanische Küche, der erstaunlich hohe Esstisch, die Barhocker, die Wände natürlich, der Boden; sogar die Bilder an den Wänden sind großteils weiß, die Hose von Paul Ehrlicher, die Streifen auf seinem blassrosafarbenen Hemd, das neben einem Strauß Ranunkeln der einzige Farbklecks ist.

Er hat sie gleich beim ersten Klingeln hereingelassen und sieht zum Erbarmen aus, ziemlich blass, übernächtigt, mehr ratlos als verzweifelt.

Man nimmt auf der weißen Sitzgarnitur Platz, der Ehemann mittig auf dem Sofa und Bertram und die Kollegin auf den beiden Sesseln; ihr Beileid haben sie ihm bereits ausgesprochen.

»Ich weiß nicht, was ich sagen soll«, beginnt Paul Ehrlicher und erklärt, dass er zu seiner Frau wolle.

»Kann ich zu ihr? Ich glaube, ich muss sie sehen, sonst begreife ich es ja gar nicht.«

Bertram nickt verständnisvoll und lässt ihn etwas sehr förmlich wissen, dass er die Tote vorläufig nicht sehen könne, die Untersuchungen seien längst nicht abgeschlossen.

»Die Untersuchungen, ja«, sagt der Mann, so auf eine leise, kümmerliche Art, die ihn beinahe sympathisch macht; er fährt sich mehrfach durchs Haar, erklärt, dass er eine ziemlich komplizierte Nachtschicht hinter sich habe, Arzt in dem und dem Krankenhaus sei, das leider nicht gerade um die Ecke liege.

»Chefarzt, um genau zu sein«, fügt er hinzu, »Abteilung

Innere Medizin, und ich bin selten allein, falls Sie da etwas überprüfen müssen.«

»Wir sind lediglich hier, damit Sie uns ein paar Informationen geben«, erwidert Bertram, worauf die Kollegin referiert, was bekannt ist – wo man seine Frau Lilli gefunden hat, den mutmaßlichen Tatzeitpunkt früh am Morgen, die Todesursache, die Sache mit dem Kleid.

»Haben Sie eine Erklärung dafür?«

Der Ehemann will wissen, welches Kleid, und dass er nicht die geringste Erklärung habe.

»Ein rotes«, lässt ihn Bertram wissen. »Man vergisst es nicht, wenn man es gesehen hat.«

Und darauf der Mann: »Ich kann mich für den Moment nicht darauf besinnen, Lilli hat einen riesigen Schrank voll mit Kleidern.«

Was Bertram für den Augenblick so stehen lässt.

»Sie und Ihre Frau haben es offenbar gerne weiß«, bemerkt er, weil man ja nun schon bei den Farben ist. »Sie beide gleichermaßen oder mehr der eine als der andere? In solchen Fragen herrscht ja nicht immer Einigkeit.«

»Ich frage bloß«, sagt er.

Es ist in keiner Weise ersichtlich, welche Antwort der Ehemann geben wird, da es ja womöglich keine gibt, Bertram allerdings einen wunden Punkt berührt zu haben scheint.

»Es ist kompliziert«, sagt er.

»Ich möchte Ihnen etwas zeigen, aber dafür muss ich Sie nach oben bitten.«

Worauf sich alle erheben und über eine geschwungene Freitreppe ins Obergeschoss steigen.

»Hier links, das ist das Zimmer meiner lieben Frau«, sagt er.

Es hat einen kleinen Balkon und ist vergleichsweise farbenfroh eingerichtet; ein mehrteiliger roter Kleiderschrank ist zu sehen, ein ungemachtes Bett in Weiß, eine schwarze Kommode, auf der ebenfalls ein Strauß Ranunkeln steht.

Andrä ist es unangenehm, im Zimmer der Frau zu sein, während Bertram und seine Kollegin sich ungeniert umsehen und für ein großes Foto interessieren, auf dem ein nicht mehr gar so junger Mann zu sehen ist, ein bisschen grau, ein bisschen melancholisch, Mitte, Ende vierzig.

»Das ist er«, sagt Ehrlicher; mit ihm habe sich seine Frau treffen wollen, bevor sie verschwunden sei.

»Lilli liebt ihn«, fügt er hinzu, womit Bertram und seine Kollegin erkennbar nicht gerechnet haben.

»Es ist nichts Sexuelles, falls Sie das vermuten. Er ist ein enger Vertrauter von ihr, ein *Herzensfreund,* wie sie ihn genannt hat, ich bin nicht eifersüchtig auf ihn.«

Wie sich auf Nachfrage herausstellt, weiß er herzlich wenig über den Mann, im Grunde nur, dass er Edgar heißt und eben seit Jahren der *Herzensfreund* seiner Frau ist und sie ihn regelmäßig trifft und wer weiß was mit ihm bespricht.

»Und mehr können Sie über ihn nicht sagen?«

Bertram klingt skeptisch.

»Ich glaube, dass er Lehrer oder Professor ist, eher Letzteres, jemand, der sie inspiriert hat, der weniger langweilig ist als ich; mich findet sie seit Jahren nämlich langweilig.«

»Und mehr weiß ich nicht«, sagt er.

»Sie haben ihn nie kennengelernt?«

»Nie. Ich kenne ihn bloß vom Foto. Wenn Sie mögen, können Sie es mitnehmen.«

Was Andrä reichlich seltsam findet und sich anhaltend unwohl fühlt, sich mit dem ungemachten Bett beschäftigt, den

Spuren, die sie dort hinterlassen hat, Spuren des Lebens, wie er unweigerlich denken muss, obwohl es sich lediglich um verkrumpeltes weißes Bettzeug handelt, einen Rest Anwesenheit, die zugleich Abwesenheit ist.

Lilli.

Auch der Ehemann wirkt nun neuerlich bedrückt und bietet Bertram und seiner Kollegin an, einen Blick in das gegenüberliegende Zimmer zu werfen, wo sich beinahe jedes Detail wiederholt: die weiße Bettwäsche, der rote Schrank, die Kommode, die Ranunkeln; das Bett ist sorgfältig gemacht, was man überraschend finden kann, aber nicht muss.

Und so begibt man sich wieder nach unten, wo Ehrlicher nicht aufhört, vor sich hin zu räsonieren.

»Ich bin ja seit jeher ein Befürworter der Ehe gewesen«, gibt er kund. »Man kann sich besser entwickeln, wenn man ein Gegenüber hat; man lernt sich bis in die hintersten Winkel kennen, um eines Tages überrascht zu bemerken, dass man für sein Gegenüber mehr und mehr zu dem anderen geworden ist, der man von Anfang an gewesen ist.«

So sagt er es, mit einem Hauch Kummer, der offenbar älter ist, und als könne es nur so und nicht anders sein.

»Was hat Ihre Frau beruflich gemacht? War sie ebenfalls Ärztin?«, will Bertram wissen.

»Nein, sie hat als Osteopathin gearbeitet.«

»Hier, im Haus?«

»Nein, in einer Praxis, die sie sich mit einer Kollegin geteilt hat.«

Bertrams Kollegin fragt nach der Adresse der Praxis und anschließend nach den Personalien der Kollegin, die von Ehrlicher bereits informiert worden ist.

»Im Grunde begreife ich es nicht.«

»Nein«, sagt Bertram fast sanft, während seine Kollegin weitere Fragen hat.

»Warum haben Sie Ihre Frau eigentlich als vermisst gemeldet?«, fragt sie unvermittelt. »Sie hätte ja bei ihrem Herzensfreund oder sonst wo übernachten können.«

»Ich habe sie telefonisch nicht erreicht«, erklärt Ehrlicher. »Und wir telefonieren immer, wenn sich etwas an unseren Plänen und Verabredungen ändert.«

»Und?«

»Es beruhigt uns, wenn wir wissen, wo der andere ist. Und als sie heute Morgen gegen jede Gewohnheit nicht im Haus gewesen ist und nicht ans Telefon ging, habe ich die Polizei verständigt.«

»Gut«, sagt Bertram.

»Wann kann ich zu ihr?«

Worauf ihm Bertram noch einmal umständlich erläutert, warum er seine Frau derzeit nicht sehen könne, jedenfalls nicht jetzt und die nächsten Tage mit großer Wahrscheinlichkeit auch nicht.

»Rufen Sie mich an?«

»Es ruft Sie dann jemand an, ja.«

Alle erheben sich, als Letzter der Ehemann, der sich plötzlich an den Kopf schlägt und wortreich entschuldigt, dass er seinen Gästen nichts angeboten habe, sonst sei er nämlich nicht so.

»Es ist alles in Ordnung, Herr Ehrlicher, passen Sie auf sich auf«, antwortet Bertram, und dann sind sie endlich weg von dem Mann, der ihnen beinahe wehmütig hinterherwirkt und es nicht gewesen sein dürfte.

⸎

Viel zu besprechen gibt es im Anschluss deshalb nicht.

»Ich erkenne nirgendwo ein klares Motiv«, sagt Bertram, wozu die Kollegin meint, es finde sich immer ein Motiv.

Rache ist ein Motiv, Eifersucht; außerdem sind ja vielleicht noch ganz andere Figuren im Spiel, andere Heimlichkeiten, ein echter Liebhaber, den es ja gegeben haben kann, etwas, das mit der Arbeit der Toten zu tun hat, von einem Zufallstäter zu schweigen.

»So kompliziert, liebe Kollegin Delius, glauben Sie, ist der Fall?«, fragt Bertram, womit die Kollegin einen Namen bekommen hat.

Danach hört Andrä nicht mehr zu; im Grunde haben sie nichts von Bedeutung herausgefunden, ein paar Namen, Adressen, die Sache mit dem *Herzensfreund*, die ein komisches Licht auf die Ehrlichers wirft, auf die Frau mehr als auf den Mann, wie er überlegt und sich vor allem freut, dass er ihren Namen hat.

Lilli.

Jetzt, da er ihren Namen kennt, scheint sie ihm ein Stück näher gerückt zu sein, falls nicht er es ist, der da rückt und sich nähert und so, in dieser neuen Nähe, die allerfreundlichsten Gedanken für sie hegt.

7

Namenstag

Zu ihrer Überraschung fühlt sie sich noch einmal recht wohl, bis sie bemerkt, dass sie zu warten begonnen hat, auf Andrä, wie unschwer zu erraten ist, aber der taucht und taucht nicht auf.

Er ist aufgehalten worden, sagt sie sich, bevor sie sich sagt, dass er gewiss schlechte Nachrichten bringen wird, dass er nicht zuverlässig ist, dass er sie vergessen hat, dass sie ihn nie wiedersehen wird.

Trotzdem wartet sie tapfer weiter, überlegt, welchen Namen sie wohl haben mag, macht sich klar, wie viele Leute sie bei diesem Namen gerufen haben müssen, ihr geschrieben haben, an sie gedacht – ihre Eltern, die ihr soeben überhaupt zum ersten Mal einfallen, Freunde, Kollegen, Bekannte, die sie ja sicher gehabt hat, während sie jetzt nur noch diesen unzuverlässigen Andrä hat.

Fast möchte sie sich verfluchen, sich auf ihn eingelassen zu haben, ehe sie sich sagt, dass ja niemand sie zwingt, auf ihn zu warten, und sie jederzeit aufstehen und gehen kann, was sie im selben Moment tut und ohne große Überlegung den Weg einschlägt, den sie gestern Abend von der Bushaltestelle gegangen ist, bloß diesmal in die umgekehrte Richtung.

Und jetzt gehe ich, sagt sie sich, soll er sehen, wo er bleibt, freut sich an den ziehenden Wolken, dass ihr keine Gestalten mehr begegnen und sie völlig für sich ist und den Hafen und die Cafés wiedersieht, ganz nah im Nachmittagslicht am anderen Ufer.

»Ihr seid schön, es tröstet mich, dass es euch gibt«, sagt sie und entdeckt im Näherkommen ein Schild, auf dem *Fähre* steht.

»Ja, ja, Fähre«, denkt sie und hat nicht den geringsten Zweifel, dass demnächst eine auftauchen und sie nach drüben auf die andere Seite bringen wird, als wäre dort alles sofort gut oder überhaupt vorbei – ein Fährmann setzt sie über, und es ist vorbei.

Ich will dieses Gespensterleben nicht, sagt sie sich und beginnt nun neuerlich zu warten wie vorhin auf Andrä, an den sie am Rande denkt, in der Hauptsache jedoch auf die Fähre hofft und trotzig auf die andere Seite schaut.

Eine Weile geht das so.

Ein paar Leute mit Hunden laufen an ihr vorbei, aber mit der Fähre hat sie kein Glück; vielleicht fährt sie um diese Tageszeit ja nicht oder ist kaputt oder im Herbst und Winter außer Betrieb, ja, so muss es sein.

Also, was habe ich hier noch zu suchen, fragt sie sich jetzt, und dass sie verrückt gewesen sein muss, vor Andrä wegzulaufen, und nun, so schnell sie kann, zu der Stelle rennt, an der sie sich verabredet haben.

Oh, und *wie* sie rennt; nie in ihrem Leben ist sie so gerannt.

»Bitte sei da«, flüstert sie beim Rennen, das beinahe ein Fliegen ist, weil ja alles ganz leicht an ihr ist, flüstert seinen Namen, denn leider kann sie ihn nirgendwo entdecken, doch da vorne, gleich hinter der Kurve, wird er hoffentlich stehen und auf sie warten, bitte, bitte, bitte.

Und genau so ist es: Hinter der Kurve steht er und wartet auf sie.

»Da sind Sie jetzt aber sehr gerannt«, sagt er zur Begrüßung. »Warum haben Sie um Himmels willen so rennen müssen?«

»Ich wollte unsere Verabredung nicht verpassen, außerdem bin ich heute ein klein wenig verrückt.«

Er ist selbst gerade erst eingetroffen, stellt sich heraus, die Rennerei sei also völlig unnötig gewesen, wie er findet, außerdem hätte er sonst eben auf sie gewartet; er sei nämlich ein guter Warter.

»Sie nicht?«

»Mal so, mal so«, antwortet sie und hat für den Anfang Mühe, sich wieder an ihn zu gewöhnen.

Wie gestern ist er äußerst vorsichtig mit ihr. Findet vorne am Wasser einen neuen Platz und scheint nach einem geeigneten Anfang zu suchen, wenngleich es sich am Ende nur um ein paar einfache Sätze handelt.

Zuerst der Name, hat er sich offenbar gedacht und spricht ihn zum ersten Mal aus, was sie zur Kenntnis nimmt; was er zu ihrem Beruf sagt, nimmt sie zur Kenntnis, bevor sie recht unwillig den Kopf schüttelt.

»Ich beschäftige mich nicht mit anderer Leute Knochen.«

»Nein«, sagt er und will wissen, ob er sie Lilli nennen darf.

»Ja, gut, Lilli«, antwortet sie; Lilli also heiße sie.

»Ich bin Lilli. Und was weiter?«

Sie merkt, wie schroff sie klingt, als wäre sie verstimmt, weil er sie so lange hat warten lassen oder für ihre Vergangenheit gar nicht bereit ist.

»Was weiter, ja«, sagt er, obwohl sie es plötzlich wirklich, wirklich nicht wissen will und nun erfährt, dass sie verheiratet gewesen ist, mit einem Arzt namens Paul, und dass es in dem und dem Viertel ein Haus gibt; praktisch alles ist weiß in dem Haus, sogar die Bilder an den Wänden.

»Ich kann Weiß nicht leiden«, erwidert sie. »Schauen Sie sich mein Kleid an. Was Sie sagen, ist Unsinn; ich will das alles nicht hören.«

Und nach längerem Überlegen: »Paul, sagen Sie, heißt mein Mann? *Mein Mann,* wie das klingt.«

»Ja, Paul.«

»Also haben Sie ihn besucht, sind bei ihm in diesem Haus gewesen.«

Was er bestätigt; er komme geradewegs von dort.

Eine Weile weiß sie nicht, was sie sagen soll, wie sie ihren Namen findet, der ein x-beliebiger Name für sie ist, eigentlich recht hübsch, dabei meint sie, ihn soeben zum ersten Mal gehört zu haben.

Lilli mit i, hat er gesagt, weil es den Namen auch mit y gebe; auf dem Klingelschild hätten die Namen gestanden, *Paul und Lilli Ehrlicher.*

»Ehrlicher«, wiederholt sie und überlegt, doch es fällt ihr zu dem Namen nichts ein.

»Ich fände es ja schön, wenn Sie jederzeit offen und ehrlich mit mir sein könnten«, muss sie wie aus heiterem Himmel sagen, als hätte ihr dieser Andrä das Allerwichtigste bislang verschwiegen, obwohl er anschließend lediglich berichtet, dass es da einen weiteren Mann namens Edgar gebe, mit dem sie eng verbunden gewesen sei, auf der Kommode in ihrem Zimmer stehe ein großes Foto von ihm.

Welcher Edgar, fragt sie sich.

Also für diesen Edgar interessiere sie sich schon mal gar nicht, erklärt sie, und von einen Paul wisse sie nichts, beginnt jedoch ansatzweise zu akzeptieren, dass es ihn gibt und sie ihn gekannt *hat*, bei wer weiß welcher Gelegenheit kennengelernt haben muss, sich verliebt hat, du liebe Güte, in irgendeinem Bett gelandet ist und zuletzt in dem von Andrä erwähnten Haus.

»Glauben Sie, dieser Paul ist es gewesen?«

Nein, das glaubt Andrä nicht.

»Eher nein, na gut«, sagt sie und kämpft wieder mit den Tränen, weil sie von selbst ja überhaupt nichts weiß oder nun doch weiß, jedoch ganz unverständig, wie ein Stein, dem man erklärt, dass er nicht immer ein Stein gewesen ist.

»Ich finde, wir sollten von hier weg, ich mag diesen Ort nicht mehr«, sagt sie schließlich, worauf Andrä erwidert, dass er sie gerne an einen anderen bringe.

»Darf ich Sie entführen?«

Wohin, will er nicht verraten, sonst sei es ja keine richtige Entführung, sie möge ihm bitte vertrauen, er meine es in jeder Hinsicht gut mit ihr.

»Na meinetwegen, entführen Sie mich.«

Sie dürfe fürs Erste ruhig die Augen offen lassen, sagt er, und dass sie etwa eine halbe Stunde unterwegs sein werden.

Was ihr wie eine Ewigkeit vorkommt.

Sie sitzen in verschiedenen Bussen, mit denen sie sich vom Rand ins Zentrum bewegen; eine ganze Zeit gehen sie zu Fuß, und dann bleibt er unvermittelt stehen und fordert sie auf, die Augen zu schließen, worauf sie wie ein artiges Mädchen die Augen schließt.

»Wir sind gleich da«, sagt er, und kurz darauf sind sie irgendwo drinnen und keine Minute später in einem weiteren Drinnen, das Teil des anderen Drinnens ist und sich nach oben bewegt.

Ein Lift, denkt sie.

Wir fahren nach oben, ich bin in einem Lift. Wohin bringt der Mann mich bloß?

Der Lift fährt und bleibt stehen, es öffnen sich Türen, und sie kann spüren, wie er sie nach draußen schiebt, wobei sie neuerlich nicht viel spürt, außer dass es mit äußerster Sanftheit geschieht.

»Jetzt«, sagt er. »Wir sind da, Sie können die Augen aufmachen.«

»Aufmachen«, wiederholt sie und macht die Augen auf.

8
Aus der neuen Welt

Das Erste, was geschieht, ist, dass sie ansatzweise lächelt.

»Wo sind wir?«

»Im Paradies«, antwortet er, obwohl es bloß die Damen-abteilung eines der großen Kaufhäuser ist, das sie vielleicht kennt, weil sie dort Kundin gewesen ist, hin und wieder gekauft oder nur geschaut hat.

Doch das Kaufhaus sagt ihr nichts, kennt sie nicht, hat es womöglich bis vor Kurzem gekannt und fängt nun eben von vorne damit an, was er begrüßt und erklärt, dass die Erinnerung manchmal sehr plötzlich kommt, wobei sie sich ja nicht mal daran erinnert, dass sie Lilli heißt.

»Lilli«, sagt er. »Ich mag diese Lilli ja.«

Sie suchen halbherzig nach ihrem Kleid, er mehr als sie, die ein paar letzte Kundinnen bei der Anprobe beobachtet und enttäuscht ist, dass sie sich nicht im Spiegel betrachten kann, denn das scheint sie gehofft zu haben, aber gut, jetzt weiß sie Bescheid, es ist nicht schlimm und trotzdem für den Anfang etwas viel, wie sie zugibt, denn wie eine Anfängerin fühle sie sich.

»Und was jetzt?«

Sie fährt gerne Rolltreppen, stellt sich heraus, rauf und runter wie ein Kind, das sich erstmals durch ein Kaufhaus bewegt und nicht genug davon bekommen kann.

»Langweilen Sie sich nicht mit mir? Ich langweile mich keine Sekunde!«

Mit ihm, habe sie sagen wollen, fügt sie hinzu, bevor sie sich einverstanden erklärt, dass er sie nach oben in die Lebensmittelabteilung bringt, die sie bestimmt ebenfalls nicht kennt.

»Abwarten«, sagt Andrä, der vor Jahren zuletzt hier oben gewesen ist und ganz überrascht ist, wie neu und schick alles geworden ist, mit viel Holz und Glas und Licht; die diversen Kochstände sind neu, es gibt Tische und Stühle, an denen man essen und trinken kann, frühmorgens allein für sich den ersten Champagner schlürfen, der selbstverständlich auch jetzt, am frühen Abend, zu haben ist, denn früher Abend ist es, und es herrscht erstaunlich viel Betrieb.

Lilli schüttelt sofort den Kopf: Nein, hier oben ist sie mit Sicherheit noch nie gewesen.

Sie sei keine Champagnertrinkerin, jedenfalls glaube sie das, doch zu ihrem Mann, dem Chefarzt, würde es passen, obwohl sie ihn überhaupt nicht kennt.

Trotzdem gefällt ihr die Etage, und deshalb müssen sie jetzt viel gehen und sich einen Überblick verschaffen, was es so gibt, und es gibt alles: Fisch und Fleisch in allen Variationen, Alkohol in allen Variationen, Nudeln aus aller Welt, Biere aus aller Welt, die wichtigsten zwanzig Limonaden, Schokoladen, Amerikanisches, Russisches und so weiter.

Lilli scheint es zu genießen, dass so viel Gewusel um sie herum ist, alles bunt gemischt, die Lebenden und die Toten, die teilweise große Augen machen, wenn sie sie entdecken.

Dass manche eine Maske tragen, fällt ihr auf, und natürlich hat sie keine Ahnung, warum, obwohl sie es bis vor Kurzem gewusst haben wird, womöglich selbst eine getragen hat, aber warum.

Andrä weiß natürlich, warum.

»Es hat viele, viele Tote gegeben«, sagt er, auch seine Mitarbeiter zählten dazu.

»Ja, wirklich? Die beiden haben es mit keiner Silbe erwähnt.«

Inzwischen ist es kurz vor Ladenschluss; die meisten Kunden sind nach unten gefahren oder machen sich soeben auf den Weg, während aus der Gegenrichtung jede Menge Gespenstervolk hereinströmt und sich an verschiedenen Stellen niederzulassen beginnt; es wird Zeit, dass sie sich ebenfalls eine Bleibe suchen, am besten eine etwas versteckte, damit sie sich in Ruhe unterhalten können, aber solche Bleiben gibt es nicht; eine lange, gepolsterte Sitzbank mit hoher Lehne gibt es, die zu einem asiatischen Imbiss gehört und zum Glück frei ist.

»Ja, hier ist es gut«, sagt sie. »Hier können wir bleiben.«

Anschließend wird es doch komplizierter als gedacht; sie sitzen keine fünf Minuten, als die ersten Neugierigen auftauchen.

Sie versuchen sie, so gut es geht, zu ignorieren, was leider wenig nützt, weil es sie ermuntert, immer näher zu rücken und mit den Fingern auf Lilli zu zeigen und anschließend zu tuscheln und immer noch näher heranzurücken.

Lilli amüsiert das offenbar mehr, als dass es sie stört, sie blickt mehrfach zu ihnen hinüber, als wüsste sie schon, warum sie da sind, und auch recht damit hat, weil sie die Frau aus der Zeitung ist.

»Ja, ja, ich bin's«, ruft sie ihnen zu. »Und nun lasst uns bitte allein, wir möchten hier in Ruhe sitzen und uns unterhalten.«

Was die meisten nicht im Geringsten kümmert.

»Es tut uns leid, was dir geschehen ist, zum Glück bist du ja nicht allein«, sagen sie.

»Nicht jeder hat so ein Glück«, sagen sie.

Es gibt auch unfreundliche Stimmen.

»Bilde dir bloß nicht ein, dass du was Besonderes bist«, sagt eine Frau im Schlafanzug, was einen jüngeren Mann in Motorradkleidung und mehrere Alte in Flügelhemdchen protestieren lässt.

Lilli ermahnt sie ein zweites und drittes Mal, aber wieder vergeblich, ehe sie auf die Idee kommt, sich bei allen herzlich zu bedanken, was genau das Richtige ist, denn nun zeigen sich alle recht zufrieden und schleichen einer nach dem anderen zu ihren Nachtquartieren, und sie sind für sich.

⁂

Danach weiß sie lange, lange nichts zu sagen.

»Es sind lauter kleine Tiere in meinem Kopf«, sagt sie endlich. »Ich werde allmählich verrückt davon, weil sie dauernd rascheln und mit ihren Füßchen kratzen. Kennen Sie das?«

Worauf er erwidert, dass sie zur Ruhe kommen müsse, dann würden auch die Tiere schnell Ruhe geben.

»Ich weiß, dass da keine Tiere sind«, sagt sie unwirsch, und dass sie dauernd über diesen Paul nachdenke und ob nicht die Ehe der Grund für ihr Unglück gewesen sei, irgendein Vorfall, ein Geständnis, vor dem sie weggelaufen sei, kurz bevor sie ins Theater oder zu einer Gesellschaft habe aufbrechen müssen, und nun nicht habe hingehen wollen und stattdessen einfach weggelaufen sei, um letztendlich in diesem verfluchten Park zu landen, wie heiße er gleich.

»Könnte es so nicht gewesen sein?«

So in etwa könnte es gewesen sein, glaubt sie.

»Sie erinnern sich aber nicht daran«, gibt er zu bedenken, was sie trotzig erwidern lässt, dass sie sich schon an alles erinnern werde.

Auch die Sache mit den Treffen beschäftigt sie; seine Mitarbeiter hätten davon erzählt, dass er eine Art Therapeut sei und eine Gruppe leite, einmal wöchentlich für Leute wie sie.

»Und ich dachte, Sie sind Kommissar«, wundert sie sich und will wissen, was er davon hat, wenn er sich um andere Leute kümmert, ihnen *hilft,* sie *rettet,* falls man jemanden retten kann, was sie bezweifelt.

»Man kann niemanden retten«, bestätigt er.

»Also geht es lediglich ums Tun. Weil Ihnen sonst langweilig wäre; weil Ihnen nichts Besseres eingefallen ist.«

Darüber habe er nie nachgedacht, muss er zugeben, aber ja, vielleicht sei es so: weil ihm nichts Besseres eingefallen ist.

»Einmal die Woche sind die Treffen? Und wann ist das nächste?«

Morgen ist das nächste.

»Morgen, na gut.«

»Wir reden bloß«, sagt er.

»Ich bin nicht krank«, meint sie bemerken zu müssen.

»Ein bisschen verloren, na gut, verwirrt, das ist wahr.«

Später will sie immerhin liegen.

Die Sitzbank ist sehr lang, es haben ohne Weiteres zwei Erwachsene Platz darauf, nebeneinander eher nicht, aber Kopf an Kopf, was genau so geschieht.

Viel zu hören ist nun nicht mehr; man hört diverse Kühlschränke, die Klimaanlage, ab und zu ein fernes Rascheln, eine leise Stimme.

Ob er verheiratet gewesen sei, will sie irgendwann wissen; er sei doch sicher wie sie verheiratet gewesen.

»Ja«, sagt er.

»Und?«

Ob er seine Frau besucht habe, will sie wissen, ob er alles wiedererkannt habe, sich erinnere: an sein früheres Leben, die Liebe, die gewesen ist, an die Reisen, die unvergesslichen Momente, falls es solche gegeben habe, alles, was das erste Mal gewesen sei – daran erinnere man sich doch am ehesten, wie sie glaubt.

»Das sind aber viele Fragen«, antwortet er und will über seine Ehe mit Christine eigentlich nicht sprechen.

Er hat sie Wochen nach der Beerdigung zum ersten Mal und dann eine Weile regelmäßig für ein, zwei Stunden in der alten Wohnung besucht, wo er nur allzu bald begriff, dass keine Verbindung mehr bestand; sie war eine andere ohne ihn, was er ihr anfangs übel nahm, ehe er zu dem Schluss kam, dass sie jedes Recht dazu hatte.

»Ich glaube, ich mag Ihre Geschichte nicht.«

»Sie ist praktisch nicht mehr wahr«, behauptet er.

»Wahr«, sagt sie und kommt noch einmal auf die Gruppe und dass sie ja ernsthaft überlege, ihn morgen zu begleiten.

Ob er damals ebenfalls in eine Gruppe gegangen sei.

»Damals war ich nicht so weit.«

»Aber die Möglichkeit hätte bestanden?«

Und er: »Es findet sich immer jemand, der helfen kann und will.«

»Ja, vielleicht.«

Es ist angenehm, mit ihr zu liegen.

Er meint, ihr Haar zu spüren, hört ihr raschelndes Kleid, wenn sie sich bewegt, bis sie schlussendlich aufhört, sich zu bewegen.

»Sind Sie noch da?«, flüstert er.

Und ja, sie ist da, hört die Tiere, hat Fragen, wenn auch streng genommen bloß eine.

»Ich frage mich, wie lange das so weitergehen wird.«

Dieses Gespensterleben, meint sie.

»Ist es irgendwann vorbei?«

»Irgendwann ja«, antwortet er, gibt sofort zu, dass er nicht viel darüber weiß, außer dass von Zeit zu Zeit jemand verschwindet, den man gekannt hat und der nicht wiederkommt.

»Es gibt also ein zweites Ende«, sagt sie und zeigt sich erstaunt, dass er das gut und richtig findet.

»Aber nicht morgen, wenn ich bitten darf, morgen passt mir überhaupt nicht.«

»Nein«, sagt er.

»Bitte nein, jawohl.«

»Bis morgen also«, sagt er.

»Ja, bis morgen.«

9

In der Selbsthilfegruppe

Und dann ist *morgen*, und sie weiß, dass sie Lilli heißt. Bis gestern ist das ein x-beliebiger Name gewesen, doch nun beginnt sie, sich überraschend schnell an ihn zu gewöhnen, was vor allem Andrä zu verdanken ist, der ihn bei jeder Gelegenheit benutzt und *Guten Morgen, Lilli* und *Darf ich Ihnen eine Frage stellen, Lilli?* sagt und im Anschluss keine Frage stellt, sondern sie bloß immer weiter mit sich bekannt macht.

»Sind Sie bereit, Lilli?«

»Wir müssen allmählich los«, mahnt er.

Er hat erklärt, dass der Treffpunkt an einem See liegt, mitten in der Stadt in einem Park, was ihr eher weniger gefällt, sie jedoch nicht abhält, ihm zu folgen und fleißig die Straßenschilder zu lesen, damit sie sich später sagen kann, welche Wege sie gegangen sind.

Opernplatz, liest sie, Schillerstraße, womit sie durchweg nichts anzufangen weiß; mit dem breiten Fluss, den sie nach einiger Zeit überqueren, weiß sie nichts anzufangen, wenngleich sie zu bemerken glaubt, dass er ein guter ist, die Brücke, die über ihn führt, ist eine gute, so wie Andrä ein Guter ist.

»Da drüben ist der Tierpark, wir sind gleich da«, sagt er, und dann sieht sie schon den See, die Regentropfen, die auf dem Wasser tanzen, am Ufer die schaukelnden Boote, die man für kleine Touren mieten kann, obwohl der See nicht sonderlich groß ist und zu dieser Stunde auch niemand rudert.

»Da drüben sind sie«, sagt Andrä, und tatsächlich – da drüben sind, verteilt auf zwei Boote, mehrere junge Männer und ein paar Frauen und das Mädchen, das wie wild winkt und sich erkennbar über das Wiedersehen freut.

Lilli versucht ebenfalls, sich zu freuen, und würde am liebsten trotzdem kehrtmachen, weil sie die Leute ja nicht kennt und es so viele auf einmal sind, was sie neuerlich nicht abhält, tapfer weiterzulaufen und mit Andrä in das Boot zu klettern, wo Solveig und die Frauen sitzen.

»Hallo«, sagt sie und nimmt zur Kenntnis, dass sie reihum alle taxieren und schweigen und auch Andrä nichts sagt, sondern sie ewig schauen und glotzen lässt, bis er endlich erklärt, dass sie Lilli sei.

»Ja, ich bin Lilli«, sagt sie und duckt sich unter den Blicken der Männer im Boot gegenüber, die fast ausnahmslos dunkle Kapuzenjacken tragen und jung und hibbelig sind und mit einer wie Lilli nicht gerechnet haben.

»Wow«, sagt einer.

»Super Kleid, sicher teuer.«

Sonderlich wohl fühlt sie sich unter diesen Umständen nicht; sie hat angenommen, das Treffen würde mit einer Vorstellungsrunde beginnen, doch dem ist nicht so, es fängt ohne Vorwarnung an; Andrä blickt fragend in die Runde, und schon reden sie, hören einander zu, fallen sich kein einziges Mal ins Wort, nicken allenfalls, sagen Ja und Nein, fluchen oder sind traurig, sehnen sich oder sehnen sich überhaupt nicht.

So ihr erster Eindruck.

»Ich habe mir dieses Arschloch angeschaut, und ich kann euch sagen, nach fünf Minuten musste ich weg, weil so ein Arschloch ja nicht begreift, was er mir angetan hat, der ihn für seinen Freund gehalten hat. – Ich bin übrigens Ronny, und meine Freundin Jenny schwänzt seit Wochen die Schule und heult sich nach mir die Augen aus.«

Oft sind es Kleinigkeiten, die berichtet werden; jemand hat erstmals das eigene Grab besucht, ein anderer erinnert sich plötzlich an ein Detail vom Tatort; eine der Frauen meint zu wissen, dass sie sich mit ihrem Freund über die Kinderfrage gestritten hat, bevor es passiert ist, und eine andere hat sich nach drei Monaten erinnert, dass sie Mutter von drei Töchtern ist.

Wie genau *es* passiert ist, weiß niemand; man weiß, was die polizeilichen Ermittlungen ergeben haben, kann sich jedoch allenfalls bruchstückhaft erinnern.

So viel meint Lilli zu begreifen.

Und es ist gut, unter ihresgleichen zu sein; sie hat Schwierigkeiten mit den vielen Namen, mag das leise Schaukeln des Bootes, in dem sie sitzt, den fadendünnen Regen, der bis zuletzt nicht aufhört und niemanden stört; den schüchternen Khalid mag sie, der von einer Reise nach Kabul träumt, eine der Frauen, die Mila heißt und viel von ihrer vierjährigen Tochter spricht, Solveig natürlich, die mehrfach ihren Blick sucht, Ronny mit seiner trauernden Freundin.

Solveig meldet sich als Vorletzte.

Sie hat einen achtjährigen Bruder, der sie ganz schrecklich vermisst und in seinem Kummer beschlossen hat, nicht mehr zu sprechen; obwohl Solveig ihn jeden Tag besucht, will er einfach nicht sprechen; er geht zur Schule und spricht nicht, er spielt mit seinen Freunden und spricht nicht, sitzt mit seinen Eltern beim Abendbrot und sagt kein Wort.

Das erzählt sie ausschließlich für Lilli, weil die anderen die Geschichte kennen und nicht viel Neues beizutragen haben.

»Hast du letztens nicht erwähnt, dass er dich hört, dass er manchmal nickt, wenn du was sagst, dass er lächelt?«, versucht Mila zu helfen, während einer der Kapuzenjungs meint, dass Solveig ihren Bruder in Ruhe lassen solle, man könne den Lebenden nicht helfen und mache sich bloß unglücklich, wenn man es versuche.

»Sei nicht böse, wenn ich das sage«, fügt er hinzu. »So ist es nun mal leider.«

☙

Worauf sich alle Blicke auf Lilli richten.

»Du musst nicht«, sagt der schüchterne Khalid. »Es ist schön, dass du da bist, aber reden musst du nicht; ich habe anfangs auch lieber zugehört.«

Doch nun hat sie immerhin eine Frage, die Erinnerungen betreffend, und alle zeigen sich erfreut, dass sie eine Stimme besitzt, verstehen, dass sie wissen will, wer sie gewesen ist, ihre Ungeduld, nur dass Ungeduld nicht helfe und nicht jede Erinnerung erfreulich sei.

»Ich zum Beispiel habe herausgefunden, dass ich nie besonders gerne am Leben gewesen bin«, sagt einer der Kapuzenjungs.

»Und ich habe mich letzte Woche an das erste Mal mit meiner Freundin erinnert, und das fand ich schön«, sagt Ronny.

Besuche helfen gelegentlich, hört sie heraus, die Zeit, die vergeht; letztlich hilft bloß die Zeit.

»Woran möchtest du dich denn erinnern?«, erkundigt sich Ronny, doch es fällt ihr nichts ein, weshalb Andrä die Sitzung recht unvermittelt für beendet erklärt.

»Alles okay mit dir?«, fragt Solveig.

»Na ja, ich weiß nicht«, sagt sie. »Ja, alles okay.«

Unterdessen sind die anderen ans Ufer geklettert, wo sie allerdings nicht auseinanderlaufen, sondern sich eng um Andrä scharen, weil so gut wie jeder was hat, das er fragen oder bemerken muss; zwei Jungs spielen starker Mann und boxen und knuffen ihn auf Gespensterart, während die schöne Mila ihn mehrfach innig umarmt, was Lilli eher nicht gefällt.

»Das macht sie immer«, sagt Solveig. »Denk dir nichts dabei.«

»Was soll ich mir denn denken?«, gibt sie sich verwundert. »Ich kenne ihn ja kaum.«

Aber gut, das sagt sie eben so.

Andrä muss weiterhin Fragen beantworten, bis die Belagerung endlich ein Ende hat und er sich zu ihnen setzt, ansatzweise besorgt, als könne es zu viel für Lilli gewesen sein, was sie bestreitet.

»Ich müsste dann mal arbeiten«, scherzt er. »Hören, ob es Neuigkeiten gibt.«

»Neuigkeiten«, sagt sie.

»Gegen sechs vor dem Kaufhaus wie gestern?«

»Ja, bitte alles wie gestern und gern.«

»Und? Wie fandst du es nun?«, will Solveig von ihr wissen, als sie allein sind, aber sie findet fürs Erste nicht viel, fand es nett, fand es anstrengend, doch anstrengend ist okay.

»Das mit deinem Bruder tut mir leid«, sagt sie, worauf das Mädchen erklärt, es gehe ihm recht gut so weit.

»Er hat eine Mutter; du hast kein Wort über deine Mutter gesagt.«

»Meine Mutter ist das Letzte«, antwortet Solveig und dass sie Lilli herzlich bitte, nie wieder von ihrer Mutter anzufangen.

»Sie hat es gewusst. Mein Vater hat grässliche Sachen mit mir gemacht, und sie hat es von Anfang an gewusst und mir nicht geholfen. Ich hasse sie.«

»Ja«, sagt Lilli.

»Andrä meint, dass ich jedes Recht dazu habe; man muss solche Leute nicht lieben, es gibt keinen Grund dafür, jedenfalls nicht für mich.«

»Andrä ist cool«, fügt das Mädchen hinzu. »Er hat mir sehr geholfen damit.«

Ja, Andrä.

So richtig hat sie ihr Andrä-Puzzle bislang nicht zusammen, in der Hauptsache sortiert sie bloß: Der ganze Himmel fehlt, Wald und Wiesen, im Grunde alles bis auf den Rand, den sie so gut wie fertig hat und der ihr irgendwie vielversprechend erscheint.

»Ich finde, ihr passt gut zusammen«, hört sie das Mädchen sagen, von dem sie schon weiß, dass es gerne plappert.

Solveig.

Ob sie Freundinnen werden können? Oder es schon sind, zumindest auf dem Weg dorthin?

Sie fragt sich, was das Mädchen den ganzen Tag macht

außer wie jetzt etwas zwischen seinen Zehen herauspulen und sich wer weiß was denken.

»Magst du mir sagen, wo du wohnst? Wo gehst du hin, wenn du nicht bei deinem Bruder bist oder in der Gruppe?«

»Ja, wohin.«

Von Andrä weiß Lilli, dass die meisten auf Friedhöfen wohnen, doch das Mädchen mag das Leben auf Friedhöfen nicht, es ist ihm zu laut dort, zu schmutzig, wie es rätselhafterweise bemerkt, und dass es am liebsten an stillen Orten ist.

»Mal da, mal da«, sagt das Mädchen, das Solveig heißt. »Letztlich wohne ich nicht; ich stromere herum, weil ich mich so am wohlsten fühle.«

Ob es einen Freund oder eine Freundin hat?

Fast traut sie sich das Thema ja nicht anzusprechen, aber siehe, Solveig ist erfreut, dass sie es tut, obwohl sie weder Freund noch Freundin hat; es gebe nicht gar so viele ihres Alters unter den Toten, obwohl es sie bestimmt gebe, nur habe sie selten Lust, nach ihnen zu suchen.

Und so lernen sie sich nach und nach kennen, während sie weiter in ihrem schaukelnden Boot sitzen und reden, so auf eine stockend ziellose Art: wie lange die Tage manchmal sind, was einer tut oder lieber lässt, was fehlt und auf was man verzichten kann.

»Meine Schule vermisse ich manchmal«, sagt das Mädchen. »Meine Freundinnen. Das Wasser.«

Sie hat einen Gutteil ihres Lebens im Wasser verbracht, hat sich als Synchronspringerin versucht, konnte hervorragend tauchen, schwamm in allen Lagen, von denen ihr Delfin die liebste war.

Und so ist das Wasser eine Gemeinsamkeit; auch Andrä

ist eine und dass sie sich mögen und immer weiter in ihrem Boot sitzen.

Sie hat für den Anfang ziemlich viel Glück gehabt, findet sie.

»Ja, Glück hast du«, sagt das Mädchen.

Später wird ein älteres Paar Anspruch auf das Boot erheben, doch derzeit gehört es noch ganz ihnen, Wind und Wellen bringen es regelmäßig zum Schaukeln, dass man's kaum merkt, jedoch spürt, wie schön und passend gerade alles ist.

10
Knochenarbeit

Als er am Abend zurückkehrt, wartet sie schon auf ihn. Er hat sich darauf gefreut, sie wiederzusehen, hat auch gute Nachrichten, für die sie sich nicht sonderlich interessiert, sondern lieber jammert, dass ja nicht das Geringste passiere, das sie weiterbringe.

»Wir sind alle ganz kaputt«, sagt sie.

Und also lässt er sie erst mal in Ruhe, sieht ihr zu, wie sie vor der Sitzbank auf und ab tigert, sich wieder setzt und klagt und sich von ihm wegdreht.

»Sie haben so einen Blick, dass ich … Ach, ich weiß auch nicht, was für ein Blick das ist.«

Eine ganze Weile geht das so mit ihr.

Er ist ein bisschen ratlos, muss er zugeben, zumal sich nun auch noch die üblichen Besucher zu Wort melden und über Lilli regelrecht beschweren, ihr Gejammere sei ja nicht auszuhalten, man höre es bis in den letzten Winkel.

Lilli beginnt sofort, sich wortreich zu entschuldigen, was keine gute Idee ist, weil es zu neuen Fragen und Bemerkungen führt, die diesmal auch ihn betreffen und teilweise recht unverschämt sind – wie man höre, sei der Fall ja weiterhin ungelöst, der Herr Kommissar habe offenbar Besseres zu tun, aber bitte, das sind die Zeiten.

»Was machen wir jetzt bloß?«, flüstert sie, so auf eine reuige Art, dass es ihn beinahe amüsiert, weil man einfach warten muss, und tatsächlich sind sie bald darauf wieder für sich.

Gut, und jetzt die Neuigkeiten, die sie nur in Kurzfassung hören will.

Die Kurzfassung ist, dass es ein Video aus einer Überwachungskamera gebe, auf dem der mutmaßliche Täter zu sehen sei, weshalb es ihr Ehemann mit großer Wahrscheinlichkeit nicht gewesen sei und ihr Freund Edgar ebenfalls nicht; vielleicht sei das ja eine gute Nachricht für sie.

»Aber ich kenne die beiden nicht«, erwidert sie, und wieder: dass sie darüber jetzt nicht sprechen wolle, für heute habe sie genug.

⚜

Am nächsten Morgen will sie es genauer wissen.

Sie gibt lange kein Zeichen, hat nur die Augen auf und ist zugleich da und überhaupt nicht da, was sie merkwürdigerweise jünger wirken lässt.

»Etwas mehr als gestern kann ich heute schon vertragen«, glaubt sie, worauf er erklärt, dass er das Video nicht gesehen hat; seine Mitarbeiter haben es gesehen und ihm berichtet, was drauf ist: ein junger Mann auf einem Fahrrad – richtig schnell unterwegs, irgendwie gehetzt, wie auf der Flucht, was perfekt passt, der Zeitpunkt passt, morgens zwischen acht und neun.

»Sieben Sekunden ist er drauf«, sagt er, und dass man sein Gesicht leider nicht gut erkennt, nur, wie er in die Pedale tritt und ungewöhnlich aufrecht sitzt und zwischendurch in die Hände klatscht, in sehr hellen Klamotten.

Das ist in Kürze, was er ihr berichtet, wobei er die Spekulationen seiner Mitarbeiter weglässt – dass der Täter wahrscheinlich krank ist, alles reiner Zufall gewesen ist oder sich ganz anders verhält: Dass jemand schnell Fahrrad fährt, bedeutet ja nicht, dass er soeben einen Mord begangen hat.

»Vielleicht haben sie ihn ja längst«, überlegt sie.

»Ja, das ist möglich; nach ihm gesucht wird auf jeden Fall.«

»Und wenn sie ihn finden? Dann weiß ich trotzdem nicht, wer ich bin.«

Ein paar Minuten lang sieht sie sehr nachdenklich aus, bevor sie für ihre Verhältnisse richtig laut wird; sie muss verdammt noch mal herausfinden, wer sie gewesen ist, andernfalls werde sie verrückt.

Kurz, sie will, dass er sie wegbringt, an einen Ort, wo sie möglicherweise anfängt, sich zu erinnern, die kleinste Kleinigkeit würde schon helfen.

»Ich muss nicht wissen, wohin, bringen Sie mich einfach«, sagt sie, worauf er für sich allein entscheidet, es für den Anfang bei der Kollegin zu versuchen, selbst wenn sie dafür ein bisschen fahren müssen.

»Ja, fahren ist gut, mir gefällt Ihre Idee.«

Und mehr will sie nicht wissen, ist auch sofort auf den Beinen, hört gut zu, als er wie üblich die Namen von Straßen und Stationen nennt, Schlossallee, Berliner Straße, Elisenstraße, während sie bloß schaut oder überhaupt nicht schaut, sich führen lässt, treiben lässt.

»Es ist gleich um die Ecke«, sagt er.

»Wir sind praktisch da, da drüben in dem Haus haben Sie bis vor Kurzem gearbeitet.«

»Aber wieso denn?«, fragt sie und mag nicht glauben, dass da tatsächlich ihr Name steht und daneben ein zweiter und darunter *Praxis für Osteopathie,* eine Telefonnummer, *Termine nach Vereinbarung.*

»Also da«, sagt sie.

Die Praxis liegt im Erdgeschoss links, und sie haben Glück, weil ein Paketbote etwas für die Kollegin hat, die nur kurz zur Eingangstür kommt, um eine größere Sendung anzunehmen, und sofort wieder verschwindet.

Aber jetzt sind sie drin; es gibt ein kleines Wartezimmer mit bunten Stühlen, wo eine Frau um die dreißig sitzt und mit ihrem Smartphone beschäftigt ist, an den Wänden Fotografien von blühenden Bergwiesen und wolkigen Gebirgshimmeln, mit denen Lilli erkennbar nichts anfangen kann.

»Ich bin so froh, dass Sie bei mir sind«, sagt sie, und in diesem Moment tritt ihre Kollegin aus dem Behandlungszimmer, begleitet von einem älteren Mann, den sie mit allen guten Wünschen verabschiedet und sich an die Wartende wendet, die Mühe hat aufzustehen und ziemlich lange dafür braucht.

»Geht es einigermaßen?«, erkundigt sich die Kollegin und nimmt die Patientin bei der Hand, um sie in den Behandlungsraum zu führen, wo sich diese auf eine hohe schwarze Liege hievt und sofort die Augen schließt und kein Wort mehr spricht.

Die Liege steht mitten im Raum, der spartanisch eingerichtet ist und vor allem aus Licht besteht, das durch ein großes Fenster fällt; eine Musik ist anfangs zu hören, bevor überall Stille herrscht.

»Ich spüre dann mal den Spannungen nach«, kündigt die Kollegin an, was, wie sich herausstellt, die Aufgabe ihrer Fingerkuppen ist, bevor sie anfängt, zum Teil recht kräftig an Armen und Beinen zu ziehen, hie und da drückt und anschließend die allerzärtlichsten Zärtlichkeiten auf dem Körper der Patientin verteilt, die mehrfach wohlig dazu seufzt.

Auch Lilli seufzt, jedoch voller Unwillen.

»Ich weiß nicht, was das soll, sie macht ja praktisch nichts«, sagt sie und versucht zu verstehen, wie die Hände ihrer Kollegin genau arbeiten, beugt sich richtig tief über sie, als müsse man hören, was genau sie machen, da sie seit Minuten bloß tupfen oder eigentlich flüstern.

»Da wird geflüstert«, sagt sie. »Die beiden haben Geheimnisse, sie reden über uns, merken Sie nicht, wie sie über uns reden?«

»Das ist doch Unsinn, Lilli«, widerspricht er.

»Ich weiß, dass es Unsinn ist, aber vielleicht macht es mir ja Spaß, unsinnig zu sein, heute ist das jedenfalls so.«

Worauf sie nicht weiß, was sie weiter tun soll, unruhig auf und ab läuft, sich neben ihn ans Fenster stellt, um endlich zu den beiden Frauen zurückzukehren.

»Ob sie uns hören können?«

Und an ihre Kollegin gewandt: »Du könntest ruhig ein bisschen trauriger sein, schließlich sind wir Kolleginnen, obwohl ich dich gar nicht kenne.«

»Petra, sagen Sie, heißt sie?«

Es ist kein gutes Zeichen, dass sie das nicht weiß, sie sind zu früh gekommen, wie er begreift, Lilli ist gar nicht bereit, sich zu erinnern, jedenfalls erkennt sie die Kollegin nicht, die plötzlich mit den Tränen kämpft und irgendwann den Kopf schüttelt und der Patientin berichtet, was geschehen ist und dass sie immerzu ihre tote Freundin vor sich hat.

»Sie ist tot, echt jetzt? Jemand hat sie umgebracht? Wie krass ist das denn!«

»Frühmorgens in einem Park; es steht in allen Zeitungen.«

Die junge Frau liest leider keine Zeitungen und murmelt, dass ihr das mit der Kollegin leidtut und sie gleich nachher alles googeln wird.

Sie bedankt sich umständlich, hat allerdings weiterhin Schmerzen und braucht ewig lange, bis sie von der Liege herunter ist, worauf sie sich ein zweites und drittes Mal bedankt und nach draußen geht.

Und jetzt lächelt Lilli.

»Warte«, sagt sie und sieht der Kollegin zu, wie sie zum Fenster läuft und es zum Lüften öffnet und wieder schließt.

»Jetzt heult sie bestimmt gleich los«, sagt Lilli, die mit dem Lächeln nicht aufhört und zustimmend nickt, als die Kollegin ihren Namen flüstert und nun tatsächlich leise zu wimmern beginnt.

Lilli mag es nicht glauben.

»Ich habe sie nie zuvor gesehen, trotzdem weint sie um mich.«

»Aber Sie kennen einander gut, Sie erinnern sich bloß nicht daran«, korrigiert er sie.

Und Lilli, wie aus heiterem Himmel: »Sie hat eine Tochter.«

»Eine Tochter?«

»Sie ist noch ganz klein.«

Eine richtige Erinnerung will Lilli das nicht nennen, sie wisse es eben nur, trotzdem ist es ein Fortschritt, wie ihm scheint, so unbedeutend das Detail auch sein mag, es gibt einen ersten dünnen Faden, der ihr Hier und Jetzt mit einer Vergangenheit verknüpft.

Länger bleiben müssen sie unter diesen Umständen nicht; Lilli will ebenfalls nicht bleiben, draußen auf einem der bunten Stühle wartet schon der nächste Patient, auf den sie nicht weiter achten und froh sind, dass sie nicht allzu lange warten müssen, bis jemand die Tür nach draußen aufmacht.

»Wir haben Zeit, Lilli«, sagt er.

»Ja, ja, Zeit«, erwidert sie und bittet ihn, sie an ein Wasser zu bringen, sie müsse jetzt dringend an ein Wasser, das sich zum Glück schnell findet, nicht weit weg ein Stück Fluss, wo man in aller Ruhe am Ufer sitzen kann.

»Ja, so, ich danke Ihnen. Ich kann Ihnen ja nur von morgens bis abends danken.«

Sie scheint auch diesmal gerne in seiner Gesellschaft zu sein, betrachtet das Treiben auf dem Wasser und um sie herum am Ufer, wo sich wie üblich jede Menge Gestalten aufhalten, die leise miteinander sprechen oder mit Schauen beschäftigt sind und nicht stören.

»Sie sind wirklich überall«, sagt sie.

»Ja, viele sind wir.«

Es entsteht eine längere Pause, in der sie beide über den zurückliegenden Besuch nachdenken, der ja wenig erbracht hat. Sie erklärt, dass sie Knochen persönlich sterbenslangweilig findet, während die Lilli, die sie bis vor Kurzem gewesen ist, offenbar anders darüber gedacht hat, falls es bei Knochenphänomenen nicht überhaupt um die Seele geht.

Ein paar Enten klettern ans Ufer und sie sagt: »Ach, ja, die Enten; Enten mag ich.«

»Seele«, sagt er.

Und sie, als würde es ihr soeben einfallen: »Wollen wir nicht Du sagen? Ich finde, wir sollten Du zueinander sagen.«

»Andrä; ich bin Andrä«, sagt er.

»Ja, das bist du, und von dir habe ich meinen Namen, und dafür danke ich dir.«

Inzwischen ist es Nachmittag geworden, sie können ohne Weiteres noch etwas sitzen und später zusammen zum Kommissariat gehen, wie er zwischendurch vorschlägt, womöglich gibt es ja Neuigkeiten, und so machen sie sich irgendwann auf den Weg.

Aber es gibt keine Neuigkeiten.

Bertram und seine Leute haben unzählige Leute befragt, in der Gegend, wo das Video entstanden ist, Anwohner, Radfahrer, die womöglich ein Auge für andere Radfahrer haben – bislang ohne jedes Ergebnis, wie die beiden Karls berichten, die bereits gewartet haben und Augen und Ohren offen halten wollen.

»Eigentlich ist es mir fast egal, wer es gewesen ist«, sagt sie.

»So einfach ist es nicht.«

Und wieder sie: »Die Sache ist nicht einfach, sagt er.«

»Wir sind erst ganz am Anfang.‹

»Du und ich und ich.«

So ungefähr habe er es gemeint.

»Ich glaube ja an die Seele oder wie immer man dieses Dingsda nennt.«

»Ja«, sagt er, wenngleich er lieber einen Satz mit *Lilli* gesagt hätte, nur fällt ihm gerade kein passender ein.

»Ich bin da«, sagt er.

»Ja, ich weiß.«

11
Der arme Paul

Als sie am nächsten Morgen zu sich kommt, ist der erste Gedanke, dass etwas mit ihr nicht stimmt: als wäre da irgendwo ein Loch, eine undichte Stelle, und im selben Moment erinnert sie sich an ihren Mann Paul, mit sehr zärtlichen, beinahe stürmischen Empfindungen.

Die Erinnerung besteht im Kern darin, dass sie *weiß*, dass er ihr Mann ist, seine Nähe spürt, ihn allerdings nicht richtig sieht, das Gefühl hat, dass er ziemlich jung ist und gerade was Schönes mit ihr gemacht hat, das sie mit großer Sehnsucht zu erfüllen beginnt, und deshalb muss sie jetzt ganz schnell zu ihm, zu diesem Paul in seinem weißen Haus.

»Mein lieber, zärtlicher Mann«, flüstert es in ihr, worüber sie fast erschrickt und es kaum wagt, Andrä davon zu erzählen – aber siehe, der findet nicht viel dabei und erklärt sich sofort bereit, sie zu dem Haus mit dem großen Fenster zu bringen, verbunden mit der Warnung, dass es womöglich schwierig für sie wird, was sie nicht glaubt und in der Sekunde begreift, dass die schöne Szene woanders stattgefunden haben muss, zu einer Zeit, als es das komische Haus noch nicht gab.

»Paul, mein Mann«, sagt sie sich erstaunt, denn so heißt er doch und ist in ihrem Kopf ganz jung.

Während der ganzen Fahrt muss sie an ihn denken, ohne das Geringste über ihn und sich herauszufinden, über das weiße Haus, in dem sie ja bis vor Kurzem gelebt hat und zu dem sie Andrä jetzt bringt.

»Vertrau mir«, sagt Andrä, der es ohne den kleinsten Fehler findet, die Verkehrsverbindungen kennt, den Weg durch das Viertel, das nach Geld aussieht, und irgendwann stehen bleibt und verkündet: »Da ist es.«

Von außen mag sie das Haus schon mal nicht, obwohl es ein x–beliebiges Haus für sie ist, allerdings eines, das ihr zu denken gibt, das interessant ist, abscheulich, idiotisch: Das riesige Panoramafenster findet sie idiotisch, den ansatzweise vorhandenen Garten mit der ebenfalls nur ansatzweise vorhandenen Terrasse; auf dem Tisch stehen diverse Gläser und Tassen und zwei leere Whiskyflaschen, dafür ist die Tür sperrangelweit auf, sodass sie ohne Probleme reinkommen.

Andrä führt sie von der Terrasse in das große weiße Zimmer mit der amerikanischen Küche und dem Panoramafenster, durch das sie von draußen bereits einen Blick geworfen haben.

»Fehlt bloß der Schnee«, sagt sie zu dem vielen Weiß, mit einem Unterton, dass Andrä glauben muss, sie möge das viele Weiß, dabei will sie nur zu ihrem Mann, der bloß leider nirgends zu sehen ist; vielleicht schläft er ja noch, oben im ehelichen Schlafzimmer, oder er macht was im Keller, holt neuen Whisky oder bastelt was, befestigt einen Strick an der Decke, wie sie erschrocken überlegt und sich hastig Richtung Treppe wendet, um nachzusehen, ob er irgendwo da oben ist.

Andrä hat ihr von den Zimmern erzählt, aber von ihrem Paul keine Spur, also ist er vermutlich im Bad, es ist gleich nebenan, von wo nun tatsächlich ein Plätschern zu hören ist, rauschendes Wasser, was ja wohl heißt, dass ihr Mann in der Badewanne liegt.

Und jetzt zögert sie doch.

Sie muss ihn unbedingt sehen, nur bitte um Himmels willen nicht nackt, bevor sie sich sagt, dass sie sich nicht so anzustellen braucht, und kurzerhand durch die halb offene Tür schlüpft.

Er wendet ihr den Rücken zu, deshalb muss sie bis ans Ende der Wanne gehen, und dann sieht sie schon, dass er es ist, wenn auch nicht der Mann, der sie seit Stunden beschäftigt, obwohl er wie dieser Paul heißt und zugleich der Richtige und der Falsche ist.

Und sie mag ihn.

Schaut ihn sich lange und gründlich an, versucht, die Dinge, Bilder in Übereinstimmung zu bringen, den jugendlichen Mann in ihrem Morgenkopf und den nicht mehr ganz so jugendlichen hier, in der Wanne, der ja gleichfalls ihr Mann ist.

»Du Armer«, sagt sie, denn ein Armer, Elender ist er: sieht und hört natürlich nicht, bewegt sich nicht, nippt ab und zu an einem Glas mit wer weiß was drin, weint zwar nicht, scheint allerdings jeden Augenblick damit weitermachen zu können, denn viel geweint – das meint sie ihm anzumerken – hat er.

Dass er ein Foto von ihr ins Badezimmer genommen hat, rührt sie, wenngleich sie sich kaum wiedererkennt, so hübsch und jung, wie sie darauf ist; es muss mindestens zehn Jahre alt sein, und er hat es mit ins Badezimmer genommen, um seine Lilli beim Baden bei sich zu haben.

»So habe ich mal ausgesehen, man glaubt es nicht«, sagt sie und freut sich, dass sie auf dem Foto die Augen offen hat und jung und am Leben ist, ganz anders als die schreckliche Tote.

Auch Andrä muss das Foto wieder und wieder betrachten, während sie ausschließlich Augen für ihren Paul hat, der sich vor Kummer in der Badewanne betrinkt und seit Tagen unrasiert ist und bereits die ersten Haare verliert, die er sich in diesem Moment zu waschen beginnt.

»Ich würde ihm ja gerne sagen, dass es mir gut geht.«

Und so sagt sie es ihm einfach und dass sie gerade bei ihm ist und am Leben, auch wenn er von diesem Leben nichts weiß; und um eine Art Leben handelt es sich ja.

Auch das sagt sie ihm und dass sie ihm gar nicht helfen kann.

»Paul, mein Mann«, sagt sie, obwohl es weiterhin so ist, dass sie sich nicht genau an ihn erinnert, sondern ihn hauptsächlich bloß weiß.

»Paul?«, flüstert sie, doch der arme Mann hört sie nicht, was keine große Überraschung für sie ist, ihr Paul hat nie gut auf sie gehört, weil er am liebsten sich selbst hört.

»Komm, wir gehen«, beschließt sie, weil ihr armer Mann mit dem Baden nun fast fertig ist und sie nicht sehen will, wie er nackt vor ihr in der Badewanne steht.

»Aber er ist nicht hässlich, oder?«, fragt sie, als sie wieder im Flur stehen, weil sie plötzlich begreift, dass sie diesen Paul in jedem erdenklichen Zustand gekannt und wer weiß wie oft bei ihm gelegen hat, sich ihm überlassen hat.

Überlassen, denkt sie.

Ich will das nicht, denkt sie und ist erleichtert, als Andrä meint, dass er wohl recht bekümmert sei, und sie auf die beiden Zimmer hinweist, die sie nicht näher kennenlernen will und dafür im Hinunterlaufen lange über die Treppe nachdenkt, die lange auch *ihre* gewesen ist; dass sie sie unzählige Male nach unten gelaufen sein muss, morgens, im Halbschlaf, um sich in der Küche Kaffee zu machen, oder um des Abends die Gäste zu begrüßen, in einem Kleid, das neu und ungetragen ist, denn das hat ihr Mann bei seiner Befragung vor Tagen erwähnt, dass sie Kleider über alles geliebt und in großer Zahl besessen hat.

»Wir können sie uns gerne näher anschauen«, schlägt Andrä vor, worauf sie knapp erwidert, dass sie sich für die Kleider von Toten nicht interessiere.

»Es ist schrecklich, ihn so zu sehen«, sagt sie unten, im weißen Zimmer, nachdem sie sich länger mit der amerikanischen Küche beschäftigt hat, und dass sie eine Weile auf dem weißen Sofa sitzen müsse, weil ja vielleicht irgendwelche Erinnerungen auftauchten, eine kleine Szene, ein Gefühl von früher.

Doch es taucht nichts auf.

Von oben ist nicht viel zu hören – ein, zwei Minuten ein Föhn, kurz darauf, wie eine Tür zugezogen wird und im Anschluss eine zweite.

Unheimlich still ist es jetzt, und sie sitzt regungslos auf dem weißen Sofa, damit beschäftigt zu begreifen.

»Ja, mach, wir haben Zeit«, sagt Andrä.

Irgendwann hat sie genug, und sie gehen in den Garten, den sie jetzt doch sehr mag; er ist weit größer als gedacht, es gibt sogar eine kleine Laube und rundherum Sträucher und hochgewachsene Rosen, ein paar Astern, Dahlien, Pflanzen, die sie mit Namen kennt und wieder andere nicht.

Ich bin in meinem Garten, sagt sie sich, in irgendeinem Teil Leben, das hier ohne mein Wissen stattgefunden hat, bis vor Kurzem, wie sie neuerlich denkt und überhaupt dauernd dasselbe denkt, sich aber nicht mehr gar so dumm fühlt.

»Alles halbwegs sortiert?«, fragt Andrä.

»Na ja, nicht ganz«, erwidert sie, wieder mit diesem Lächeln, das sie selbst nicht sieht, aber spürt.

&

Und dann entfernen sie sich von Haus und Garten und sehen sich andere Häuser und Gärten an, wo von Terrassen und Swimmingpools vereinzelt jemand herüberwinkt – ehemalige Besitzer, die sich von ihrem Eigentum nicht trennen können und nur winken und nichts wollen.

»Und hier habe ich also gelebt«, sagt sie, und es gefällt ihr das meiste nicht im Geringsten – die teuren Limousinen, die aufgemotzten Vorgärten, Garagen, die Pflastersteine, das Geld, das man überall zu riechen meint.

»Und was jetzt?«

»Ich hätte da was«, sagt er und schlägt einen Seespaziergang vor, gleich um die Ecke gebe es da nämlich einen weiteren See.

»Ja, See«, antwortet sie. »Seen mag ich.«

Diesen einen mag sie auf Anhieb besonders, bloß dass sie jetzt noch mal weinen muss und mit den Füßen stampfen und dann lachen, weil sie ja wirklich dumm ist und sich nicht zu wundern braucht, dass alles in dieser Katastrophe geendet hat.

So jedenfalls sagt sie es.

»Blödsinn«, findet Andrä.

»Selber Blödsinn.«

»Auch ich bin eine Katastrophe, wie du wissen musst«, sagt er.

»Ja, eine Katastrophe bist du, allerdings eine willkommene.«

Worüber er sich freut.

Am Ende laufen sie zwei Runden, reden nicht viel, beschäftigen sich mit Enten und Schwänen, einem Graureiher, der über dem Wasser kreist und von ihren Angelegenheiten nichts ahnt.

Unterdessen hat es zu nieseln begonnen, es dämmert, weshalb sie in Kürze die einzigen Spaziergänger sind und bald finden, dass es genug für heute ist.

»Wir könnten zusammen ins Kino gehen und uns später ein neues Nachtquartier suchen«, schlägt er vor, doch sie will kein neues Nachtquartier, sie will in das alte, vertraute, das, wie sich vor Ort herausstellt, leider belegt ist.

»Ach bitte, nein«, sagt sie, weil sie gerade heute nicht suchen will und froh ist, dass Andrä die Sache regelt und ein älteres Ehepaar dazu bringt, die Sitzbank freizugeben.

»Ihr beide habt euch ja gefunden, wie es scheint«, sagt die Frau. »Ihr liegt immer so artig beieinander, friedlich Kopf an Kopf, das hat man gern, weil es so selten ist.«

Und genau dafür mag sie Andrä; er kann Sachen regeln, er kann warten, nette Sachen sagen oder sie verschweigen.

Er kann vieles.

Ich würde gerne wissen, wie es ist, in seinen Armen zu liegen, überlegt sie und dass sie vieles erst lernen muss, das Vage, Flüchtige, Getupfte, das nun in allem ist, selbst in ihren Gedanken, die sie erstaunen und zugleich beruhigen.

»Ich denke lauter dummes Zeug«, sagt sie.

»Das ist doch schön«, meint er dazu.

»Ich hätte dich längst nach deiner Geschichte fragen sollen.«

»Meine Geschichte, ja.«

»Morgen«, schlägt sie vor.

Und weil er keine Antwort gibt: »Ich möchte mit dir an den Ort, wo es passiert ist; ich möchte alles genau sehen, und dann erzählst du, wie es passiert ist und was danach geschah und immer weiter bis gestern, als wir uns getroffen haben.«

Sie kennt ihn ja gar nicht, wenn sie seine Geschichte nicht kennt, und ihn kennenlernen will und muss sie.

»Du musst gar nichts.«

»Morgen«, beharrt sie.

»Meinetwegen morgen.«

Es klingt unwillig, wie er das sagt, aber dahinter ganz sanft, als würde er sich fürchten, vor ihr und dass sie da unbedingt mit ihm hinwill, wobei es ihr ja gerade in der Minute eingefallen ist.

12
Ohne einander

Tags darauf ist sie plötzlich verschwunden; er hört die ersten Stimmen des Morgens, und sie ist nicht da.

Anfangs glaubt er es nicht, sucht sie, läuft mehrfach die Etage ab und findet sie nicht, fragt nach ihr; eine ältere Frau will beobachtet haben, wie sie Richtung Treppenhaus gegangen ist, aber auch im Treppenhaus findet er sie nicht, und dann sind die ersten Kunden da und er begreift, dass er nicht länger zu suchen braucht.

Und er versteht es nicht.

Sie kann natürlich gehen, wohin sie will, dennoch hätte sie es ihn wissen lassen können, schließlich ist er seit Tagen an ihrer Seite, da macht man sich doch nicht einfach aus dem Staub.

So jedenfalls denkt er darüber, bis sich andere, unangenehmere Überlegungen bemerkbar machen: dass es an ihm liegt und sie es leid ist, auf Schritt und Tritt begleitet zu werden, oder überhaupt ihr Ehemann der Grund ist, neue Erinnerungen, die sie dazu gebracht haben, ihn ein weiteres Mal zu besuchen, allein, da sie glaubt, allein sein zu müssen, um sich an ihr Leben mit ihm zu erinnern, und vielleicht verhält es sich ja so.

Trotzdem läuft er ein letztes Mal die Etage ab, fährt runter zu den Kleidern, wo sie ebenfalls nicht ist, allerdings jederzeit auftauchen kann; zum Kommissariat könnte sie gelaufen sein, sie kann überallhin gelaufen sein.

Na gut, dann ist das eben so, versucht er, sich zu beruhigen, um nun seinerseits zum Kommissariat zu laufen, wo er auf die beiden Karls trifft, die ebenfalls nichts wissen, allerdings immerhin die Neuigkeit haben, dass das Video in Kürze veröffentlicht werden soll; oben, im vierten Stock werde gerade versucht, die Bildqualität zu verbessern.

Und so bekommt er endlich das Video mit dem Jungen zu sehen; neunzehn, zwanzig mag er sein, und das Auffälligste ist neben dem Klatschen, wie seltsam aufrecht er beim Fahren sitzt, irgendwie hochmütig, wie jemand, der glaubt, ein ganz besonderer Mensch zu sein und es bestimmt nicht ist; von einer Zeugin, die sich gemeldet hat, wissen sie, dass das Fahrrad blassblau ist, doch sonst wissen sie so gut wie nichts, und das haben sie lange nicht gehabt; Lillis *Herzensfreund* ist zum Tatzeitpunkt nicht in der Stadt gewesen, die Frau in der Praxis hat kein Motiv und der Ehemann befindet sich am Rande eines Nervenzusammenbruchs, weil er nicht weiß, wann er seine Frau beerdigen darf.

»Gut, raus damit«, sagt Bertram und wirkt alles andere als optimistisch, aber außer diesen verwaschenen sieben Sekunden haben sie nun mal nichts.

»Dann los«, sagt er, obwohl sie jetzt bloß warten und hoffen können.

Du musst geduldiger sein, möchte ihm Andrä am liebsten sagen, weil das eine Schwäche von ihm ist, dass er schnell unleidlich wird, wenn er auf Hindernisse stößt.

Sonst weiß Andrä nicht viel von ihm: dass er ein Reihenhaus am Stadtrand besitzt und seit Ewigkeiten mit seiner Frau Oda verheiratet ist, natürlich kinderlos, mit immer zu wenig Zeit und den dazugehörigen Kämpfen, die über die Jahre dazu geführt haben, dass man zusammengeblieben ist.

Streng genommen weiß er nicht mal das.

Manchmal telefoniert Bertram mit ihr, mit einer Geduld, die nur jemand aufbringt, der weiß, dass er für alle Zeiten der Schuldner bleiben wird, aber manchmal wird auch gelacht, seine Oda hat offenbar Humor, und deshalb wird sie es bis zum Ende durchstehen.

Und jetzt sitzt sein Nachfolger im Büro und grummelt vor sich hin, weil er irgendeine Schreibarbeit erledigen muss und eine Taste seines Laptops klemmt, weshalb er mehrfach leise flucht.

Bertram ist nicht besonders ordentlich, auf dem langen weißen Schreibtisch liegt überall Papier, das dringend in die dafür vorgesehenen Aktenordner muss; ein Stapel forensische Fachliteratur könnte weg, die beiden Flaschen mit abgestandenem Mineralwasser.

Lilli würde sich sicher zu Tode langweilen, aber sie ist ja weg, weil sie irgendwo herumstromert und wer weiß was zu finden hofft, ihre Ruhe, Antworten, falls es solche gibt: was sie falsch gemacht hat, denn auf diese Überlegung stößt man früher oder später, da man ja dauernd etwas falsch macht; das ganze Leben ist letzten Endes falsch.

Darüber sinnt er nach und was er zu Lillis Unglück letztlich sagen kann, außer dass es sein Glück ist.

Dumm gelaufen, tut mir leid, kann er sagen, wahrscheinlich hast du einfach Pech gehabt, liebe Lilli, und genau das ist mein Glück und am Ende auch deins, weil wir anders ja nicht voneinander wüssten.

Er versucht, sich vorzustellen, wie sie frühmorgens im Kleid durch diesen Park spaziert und dieser Kerl sie von hinten anfährt; sie anspricht und dann anfährt oder ohne Vorwarnung anfährt und anschließend auf sie einsticht, mehr oder weniger blind, weil es um Lilli nicht geht, sie bloß unglücklicherweise zur Stelle ist und nun nicht mehr wegkann und nicht mal ansatzweise begreift, was ihr geschieht.

Auch bei ihm ist das so gewesen, damals, in der Halle am Hafen bei dem verfluchten Einsatz.

So eine tiefschwarze Nacht hat er später nie mehr erlebt; alles um ihn herum war tiefschwarz, und dann, auf einmal, wurde es hell, und er wusste nicht, wo und wer er war und warum da dieser Tote auf dem Boden lag.

An das meiste erinnert er sich bis heute allenfalls bruchstückhaft; dass drei Schüsse fielen und um ihn herum gebrüllt wurde, dass Bertram es war, der ihn fand und ihn natürlich nicht bemerkte.

Dabei hätte Bertram sich lediglich umdrehen müssen, nach drüben zu der Laterne, denn da war eine Laterne, und gegen diese Laterne hatte er sich in seinem Gespensterzustand gelehnt und wie blöde auf den am Boden liegenden Toten geglotzt, für den es ja sicher eine Erklärung gab und zuletzt lediglich die eine, dass er selbst dieser Tote war.

Es hat gedauert, bis er das begriffen hat, wobei er sich womöglich einbildet, es begriffen zu haben, nun, da es keine

Rolle mehr spielt, wer er gewesen ist, während es für Lilli die derzeit wichtigste Frage ist.

⚫

Bertram hat sich offenbar ebenfalls beruhigt, er schreibt, steht zwischendurch auf, um ein, zwei Minuten am Fenster zu stehen oder neuen Kaffee zu holen, bevor er wieder schreibt.

Zwischendurch telefoniert er länger mit seiner Oda und anschließend in Sachen Video; offenbar hat sich jemand gemeldet, der etwas beizutragen hat, worauf Bertram die Delius verständigt, und keine zehn Minuten später sitzen sie alle wie schon einmal im Wagen.

»Vielleicht haben wir ja Glück«, meint die Delius.

Der Zeuge ist ein regelmäßiger Besucher der Website und behauptet, jemanden zu kennen, der wie der Kerl auf dem Video Fahrrad fährt, kennt ihn vom Sehen, meint zu wissen, dass er in einer kleinen Fahrradwerkstatt beschäftigt ist, er selbst sei nämlich Kunde dort.

Und so fahren sie zu dem Mann und bekommen genau das zu hören.

»Und wann und wo sind Sie ihm zuletzt begegnet?«, fragt Bertram, worauf der Zeuge glaubt, ihm irgendwo im Viertel begegnet zu sein, keine Ahnung, wo genau.

Die Fahrradwerkstatt liegt etwas außerhalb, aber gut, fahren sie da eben hin, und tatsächlich ist jemand im Laden, der dem Kerl auf dem Video ähnelt, nur dass es sich um eine junge Frau handelt, die gar nicht versteht, was sie von ihr wollen und ihnen bereitwillig ihr grünes Fahrrad zeigt; die Kollegin Delius seufzt, während Bertram nur grimmig schaut, jedoch keinen Kommentar dazu abgibt, obwohl er erkennbar genug für heute hat.

☃

Auch Andrä hat genug und überlegt, ob er zur Erholung mal wieder ins Kino gehen soll, wozu es jedoch nicht kommt, weil er auf einen ehemaligen Klienten trifft, dessen Name ihm partout nicht einfallen will.

»Ich bin Mattes«, sagt er und lächelt schief.

Mattes, ja genau, der im Schlaf von seinem Bruder erschlagen worden ist und in der Gruppe meistens geschwiegen hat.

Er ist mit dem einen oder anderen in Kontakt, stellt sich heraus, jedoch eher lose, und hat noch immer sein Quartier am Rathausbrunnen.

»Sie haben mich dort vor Ewigkeiten besucht«, bemerkt er, es sei nicht schlimm, wenn Andrä sich nicht erinnere.

»Und Sie?«, fragt er. »Immer gut zu tun?«

»Ja, zu tun habe ich«, antwortet er, worauf Mattes seufzt und erklärt, dass die Tage manchmal verdammt lang sind, wenn man niemanden an seiner Seite hat.

Ob Andrä jemanden hat? Ja? Hat er?

»Es muss sich erst herausstellen«, schlägt Mattes vor, womit er es recht gut trifft.

Und jetzt laufen sie eine ganze Zeit miteinander, sprechen über die ukrainischen Soldaten, die in der Stadt nach ihren Witwen suchen, die eine oder andere Beerdigung, von der man gehört hat, die neusten Mordfälle.

Mattes hat völlig vergessen, dass Andrä früher ein Kommissar gewesen ist, doch jetzt fällt es ihm wieder ein; er besuche regelmäßig seinen Bruder, dessen Freunde, die Eltern – alle, die damals dabei oder verwickelt gewesen und recht eigentlich die wirklichen Gespenster seien, obwohl sie davon nichts wüssten.

»In mir ist alles so gewürfelt«, sagt er plötzlich.

Wie Lilli vor Tagen sagt er das und will wissen, ob Andrä das kennt, weil es bei ihm nämlich nie aufgehört habe.

»Ja«, sagt Andrä.

Mattes wirkt nicht sonderlich bekümmert deshalb, bei ihm sei es nun mal so und bei anderen wiederum ganz anders.

»Nicht dass Sie glauben, ich wolle mich beschweren.«

»Es hat mich gefreut, Sie wiederzusehen«, sagt er zuletzt und hat es mit einem Mal eilig wegzukommen, fast als würde er sich schämen Andrä die Zeit gestohlen zu haben.

Warte, will Andrä rufen, doch da ist er bereits in den nächstbesten Bus gesprungen, grinst und lässt ihn leicht verstimmt zurück. Nicht weil er so schnell weggegangen ist, sondern weil er ihn ermahnt hat, daran erinnert, dass er sich glücklich schätzen kann, jemanden wie Lilli zu haben, selbst wenn sie augenblicklich nicht da ist.

Im Grunde ist es ja schön, sie zu vermissen, findet er und fängt in Gedanken an, ein paar nette Sachen zu ihr zu sagen, die ihr hoffentlich gefallen.

Ja, ja, das gefällt mir, antwortet sie ihm in seinen Gedanken, aber ich brauche noch, also warte bitte auf mich und sei nicht böse.

II

»Aber Sie leben doch auch«,
sagte der Bürgermeister.
»Gewissermaßen«,
sagte der Jäger.

Franz Kafka, *Der Jäger Gracchus*

13
Die Beerdigung

Er ist nicht lange böse auf sie; zwei, drei Minuten, in denen er die Stirn runzelt, weil das seine Art ist, böse auf sie zu sein.

Bei ihrer Rückkehr am nächsten Morgen hat sie sich erklärt, wobei es zu erklären nicht viel gegeben hat, sie ist einen Tag und eine Nacht weg gewesen, und nun ist sie wohlbehalten zurück.

»Ich muss doch wissen, ob ich dieses Leben will, denn auf einmal wollte ich dieses Leben nicht, und dann, auf dem Weg zu dir, habe ich es ein für alle Mal gewollt.«

Und seither ist alles neu und anders; die Tage nehmen Fahrt auf, es ist nicht mehr gar so nebelig um sie herum, so klumpig schwer, wenngleich es anhaltend schwer ist; Andrä ist oft weg, es gibt zwei neue Fälle, von denen sie nichts hören will und froh ist, wenn er da ist, nur für sie, die das braucht.

Er lässt sie ungern allein, sagt er, mahnt sie, dass sie vorsichtig bleiben soll, bald ist die Beerdigung, die Polizei hat den Leichnam freigegeben, in wenigen Tagen ist es so weit.

»Das wird nicht leicht«, sagt er, und dass sie heulen und toben wird und mit den Zähnen klappern, was sie ihm nicht recht glaubt.

»Ich freu mich doch auf sie«, sagt sie; dass sie alle kennenlernen wird, die Menschen, die ihr Leben gewesen sind.

Darauf er: »Du wirst sehen, dass du dich nicht freust.«

Aus der Gruppe gibt es ebenfalls warnende Stimmen.

»Es ist wie ein Sturm«, behaupten sie.

»Als würdest du ertrinken«, behaupten sie.

»Als würde dir dein ganzes Leben an die Gurgel springen,
bis du glaubst, du erstickst daran.«

Aus der Gruppe sind längst nicht alle zur Beerdigung gegangen, stellt sich heraus, und manche sind bis heute froh
darüber, während andere es bereuen.

Solveig ist die Einzige, die sich nicht genauer zu diesem
Thema äußert, ihr jedoch Mut macht, weil es letztlich keine
Rolle spiele, ob man hingehe oder nicht.

»Vergiss die Lebenden; schau sie dir an und vergiss sie
gleich wieder, wenn ich dir einen Rat geben darf, weil du
diesen Leuten letztlich egal bist.«

Sie hat gar nicht gewusst, dass Solveig so denken kann,
aber das ist, was sie zu sagen hat, übrigens nicht wütend,
sondern freundlich und bestimmt; es könne in diesen Angelegenheiten ja jeder anderer Meinung sein.

Am selben Abend geschieht etwas mit ihr.

»Ich fühle mich auf einmal ganz komisch«, erklärt sie Andrä und weiß im Voraus, dass er sagen wird, dass sie sich zu
fürchten beginnt.

Dabei fürchtet sie sich nicht im Geringsten; in der Gerichtsmedizin hat sie sich anfangs gefürchtet, während sie
sich jetzt nur komisch fühlt, drinnen, in ihrem Kopf, als wä-

ren da Leute, die Lärm machen, Dinge hin und her schieben, Möbel rücken und dabei fluchen und *Autsch* sagen und offenbar längst nicht fertig damit sind.

Sie hat keine Ahnung, wer diese Leute sind, doch das Gefühl sagt ihr, dass es *ihre Leute* sind, der ganze Vergangenheitskram, der anfängt, sich bemerkbar zu machen, die alten Sachen, von denen sie im Einzelnen nichts weiß und bloß dauernd diesen Lärm in sich hat.

Noch spätabends muss sie lange gehen und macht dabei die Entdeckung, dass sie einen Teil der Leute sehen kann und sogar kennt, ohne sagen zu können, um wen es sich handelt – ein paar Kinder, Männer, Frauen, denen sie nicht übel nimmt, dass sie da sind, und dennoch bittet, leiser zu sein.

Die ganzen nächsten Tage ist das so; es wird allmählich lästig. Sie muss die ganze Zeit in Bewegung bleiben und wiederholen, dass sie sich überhaupt nicht fürchtet und allenfalls unruhig ist, übermorgen ist die Beerdigung, dann werden sie hoffentlich Ruhe geben.

☙

Und dann kommt der Tag, an dem sie die Stimmen persönlich kennenlernt.

»Früher da sein ist gut«, hat Andrä gemeint und wie die Male zuvor alles perfekt gewusst, sie braucht sich bloß an ihn halten, warten, bis er sagt, dass sie gleich da sind, dort drüben in die kleine Kapelle müssen sie, wo vorläufig niemand zu sehen ist.

Sie nimmt sich vor, sich von nichts und niemandem erschrecken zu lassen, allerdings ist das leicht gesagt, denn jetzt entdeckt sie weit vorn den blumengeschmückten Sarg und daneben eine schwarz gekleidete Frau, von der sie sofort weiß, dass sie ihre Mutter ist.

»Mama, bist du's?«, ruft sie ihr im Näherkommen zu, was ziemlich dumm von ihr ist, weil die Frau sie nicht hören kann, außerdem weiß sie ja Bescheid, sie ist die Mutter der Toten in dem blumengeschmückten Sarg und muss, bevor es losgeht, ein paar rote Rosen zurechtrücken, ein bisschen an ihnen zupfen und mit ihnen reden.

Nur mit den Rosen redet sie gar nicht, sie unterhält sich mit der Toten, ganz vernünftig, wie es scheint, als müssten sie beide kurz etwas besprechen.

Ein paar Minuten ist sie recht zufrieden mit der Szene; da vorne steht ihre Mutter, und es ist schön, wenn man eine Mutter hat, die sich kümmert, zwischendurch weint, wenn auch nicht gar so sehr, wie zu erwarten wäre.

Der Vater, den sie wahrscheinlich hat, fehlt ihr unter diesen Umständen nicht besonders, auch Paul, ihrem ramponierten Ehemann, muss sie nicht unbedingt gleich begegnen.

Kurz darauf treffen sie alle ein; innerhalb von Minuten ist so gut wie jeder Platz besetzt, und ihre Schwester läuft an ihr vorüber, ihr Mann Paul, beide mit versteinerten Gesichtern, sehr schwarz, irgendwie verkohlt, als hätte es bei ihnen kürzlich gebrannt.

So versucht sie, es zu fassen, bemerkt, dass ziemlich viele Kinder da sind, Freunde und Freundinnen von ihr, die diese Kinder haben und ihnen zuflüstern, dass die arme Lilli da vorne in dem schönen Sarg liegt und sich freut, dass sie sie besuchen.

Als alle sitzen, beginnt Paul vorne am Sarg, über sie zu sprechen, ganz ruhig, nicht sonderlich lang, wer sie für ihn war und bleiben wird; die Wahrheit ist, dass sie ihm kaum zuhört und dennoch spürt, dass er viele schöne Sätze sagt, schöne kleine Traurigkeiten, obwohl zwischendurch sogar gelacht wird.

Für sie ist es wie Musik; ihr Mann singt, nicht allein für Lilli, sondern für alle, die gekommen sind, was sie irgendwann in Bewegung geraten lässt, vom Eingang weg Richtung Mittelgang, wo sie nun mehrfach auf und ab geht und in die Gesichter blickt, das eine oder andere erkennt und teilweise sogar mit einem Namen verknüpfen kann.

Mit euch war ich im Gebirge, fällt ihr ein; eine der Frauen hat sie kürzlich bei einem Kleiderkauf beraten, jemand heißt Mark, jemand putzt sich mit einem roten Taschentuch die Nase; nicht jeder sieht traurig aus, manche wollen so schnell wie möglich weg, andere sind ganz still für sich oder kämpfen mit Erinnerungen.

All das bekommt sie zu sehen.

In der ersten Reihe die Mutter kann jetzt doch nicht aufhören zu weinen, der Mann neben ihr gibt ihr ein Taschentuch – aber ist das ihr Vater?

Unterdessen hat ihr Mann Paul seine Rede beendet, und Männer in schwarzen Anzügen treten von überall heran und gehen nach vorne zu dem Sarg und heben ihn hoch, um ihn nach draußen zu tragen, acht Männer an der Zahl.

Jetzt tragen sie mich, denkt sie.

Jetzt bringen sie sie zu ihrem Grab, denkt sie, und da ist Solveig neben ihr und im nächsten Moment Andrä, und weil das so ist, kann sie sich einreden, dass es so schlimm nicht werden wird.

»Ich mache das gut, es ist erträglich«, sagt sie zu den beiden, und die beiden bestätigen es, ja, richtig gut macht sie es, allerdings soll sie nicht glauben, dass es das gewesen ist, da es in Wahrheit erst anfängt.

⚹

Und so begeben sie sich nach draußen, wo sich nach und nach ein langer Zug formiert, vorneweg die acht Männer mit dem Sarg und dahinter die komplette Trauergesellschaft, die sie mit leisem Erstaunen an sich vorüberziehen lässt und dabei mehr und mehr sieht und begreift, dass einer der Sargträger ihr Schwager Philipp ist und sie jeden Einzelnen hier kennt oder kennen müsste, die ganzen Toten auf ihren Gräbern natürlich nicht, die ohne Unterlass winken und klatschen und Kommentare abgeben, zu den vielen Blumen auf dem Sarg, ihrem Kleid.

»Du hast aber eine besonders schöne Beerdigung«, sagen sie, und dass sie wissen, dass sie die Frau aus der Zeitung ist.

»Wenn du willst, kannst du uns ja mal besuchen, wir sind auch morgen da«, sagen sie, und dass sie die interessanteste Tote seit Langem ist.

Antworten soll und darf sie auf solche Bemerkungen selbstverständlich nicht, wenngleich sie ja fast Lust dazu hätte, jedoch leider weitermuss, immer weiter zu der Stelle, wo man ein tiefes Loch gegraben hat und die arme tote Lilli hineinlegen wird.

Sie müssen ziemlich lange gehen, bis sie die Stelle erreicht haben, weil sich der Trauerzug nur sehr langsam bewegt und sie weit weg am Rand liegt.

»Da drüben«, sagt sie, mehr für sich, weil ja jeder gut sehen kann, was da drüben ist, die Blumen, Kränze, das Loch und der Haufen Erde, den Männer am Vortag aufgeschüttet haben, aber nicht Philipp, der nur einer der Sargträger und ihr Schwager ist und den sie gerade ziemlich mag.

Und dann stellen sie den Sarg ab, und alle versammeln sich und stehen im Halbkreis wie verloren da und warten; Andrä hat zwei Kollegen von sich entdeckt, und jetzt blicken alle zu ihrer Schwester Rosa, die ebenfalls ein paar Worte sagen will.

Wie vorher Paul sagt sie viele schöne Sachen, redet von einer Reise, die sie mit Lilli seit Jahren machen will und eines Tages bestimmt noch machen wird, und fängt anschließend schrecklich zu weinen an.

»Ich vermisse sie so«, kann sie im letzten Moment sagen, und viele nicken, weil ja wirklich alle, alle Lilli vermissen, während Lilli – mal ehrlich – die Schwester so gut wie gar nicht vermisst, da sie sie ja erst seit wenigen Minuten kennt.

Die Schwester steht noch immer da, als würde sie überlegen, ob sie etwas vergessen hat, und schon wird eine Musik gespielt und Philipp, ihr Schwager, und die Männer schreiten zu der Grube, wo der Sarg mit den Rosen steht, und lassen ihn an langen Seilen nach unten.

Andrä schaut sie prüfend von der Seite an, und Solveig nimmt ihre Hand und flüstert, dass es in Kürze vorbei sei.

»Mir geht es gut, macht euch keine Gedanken«, sagt sie und beobachtet, wie die Männer die losen Seile aus der Grube ziehen und zur Seite treten, damit die Leute sich verabschieden können, letzte Worte sagen oder sich still verneigen, eine Blume werfen oder mit der Schaufel etwas Erde.

Sie ist die Erste, die an der Grube steht und ganz schüchtern ist, nicht weiß, was sie der Toten sagen soll, und eigentlich bloß hofft, dass man sie anständig angezogen hat, damit sie da unten nicht friert.

Aber sie friert ja gewiss gar nicht, sagt sie sich und sieht zitternd zu, wie sie nacheinander herantreten und in die Grube und auf die Rosen und jede Menge andere Blumen und die verstreute Erde schauen.

Irgendwann taucht ihr Mann Paul auf, der sich ansatzweise verneigt und dann lange dasteht, und als Letzte ihre Mutter, Hand in Hand mit dem älteren Mann, der in der Halle neben ihr gesessen hat und mutmaßlich ihr Vater ist.

»Kennst du mich denn nicht?«, sagt sie zu ihm, obwohl ja sie es ist, die ihn nicht kennt – und tatsächlich sieht er ganz alt und klapprig und unansehnlich aus, wie erloschen.

Das Schlimmste ist vorbei, sagt Andrä, und so steigen sie in den Wagen der Eltern, um in dem weißen Haus mit den anderen zu feiern, dass es vorbei ist.

Der Vater fährt, die Mutter weint, während sie alles Mögliche vor sich hin zu flüstern beginnt, Namen von Ländern, Städten, Menschen, die sie berührt haben, von denen sie weiß, die sie spürt, alle zugleich und sehr laut; es ist schrecklich laut in ihr, sie weiß gar nicht, wohin, bei dem vielen Lärm.

Und jetzt muss sie da in das weiße Haus, wo die vielen Leute sind.

»Jetzt kommt das Ärgste, das sind die Leute«, sagt der Mann, der mutmaßlich ihr Vater ist, was die Mutter erneut in Tränen ausbrechen lässt, weil das Schlimmste doch sei, dass ihre Lilli nicht mehr am Leben ist.

»Das weiß ich doch«, erwidert der Vater sanft, weil er bestimmt nicht will, dass neuerlich Tränen fließen, denn jetzt stehen sie schon vor dem weißen Haus und holen tief Luft, bevor sie nacheinander hineingehen.

»Wir können jederzeit weg von hier«, sagt Andrä, der gewiss lieber woanders wäre, es sich jedoch nicht anmerken lässt und beinahe so tut, als freue er sich auf die Gesellschaft.

Und es ist eine große. Auf dem Friedhof hat sich das verlaufen, aber jetzt, im weißen Zimmer mit der Küche, sind um die vierzig viel; es ist eng, wenn auch vorläufig nicht laut, die Gäste sind sehr still und widmen sich ihren Getränken; zwei, drei Mädchen mit Silbertabletts bieten Kanapees zur Stärkung an und müssen mehrfach laufen, um neue zu holen.

»Ich kann das alles gut aushalten«, redet sie sich zu und wundert sich lediglich, dass ihr Mann Paul nirgendwo ist, obwohl er die Gäste doch begrüßen müsste, sie warten darauf und blicken deshalb dauernd zur Treppe, wobei ja meistens sie es gewesen ist, die die Treppe nach unten geschwebt ist und regelmäßig etwas zu hören bekommen hat, zu einem neuen Kleid, dem hellblauen Hosenanzug, der vor Zeiten Furore gemacht hat, daran erinnert sich jetzt.

Am liebsten würde sie die Gäste ja selber begrüßen, drei, vier Stufen nach oben steigen, damit sie von allen gesehen wird, und dann sagen, wie sie sich freut, dass sie hier sind und bitte fleißig essen und trinken sollen.

Es gefällt ihr, sich das vorzustellen, sich zu erinnern, dass es früher dauernd so gewesen ist.

Und jetzt kommt ihr armer trauriger Paul, der kein großes Talent für Begrüßungen hat und mehr oder weniger bloß bemerkt, dass es gut ist, in diesen schweren Stunden nicht alleine zu sein, und auf ein großes Foto mit Trauerflor zeigt, das inmitten der ganzen Sektflaschen und Silbertablette steht.

»Ach, Lilli«, sagt er zum Abschluss und hebt das Glas, damit alle auf die tote Lilli trinken.

»Auf Lilli«, antwortet der Chor der Gäste, die danach befreiter wirken, nicht mehr gar so grimmig trauern, kurze Gespräche versuchen, neuerlich schweigen, es neuerlich versuchen.

»Wir sind nach dem monatelangen Eingesperrtsein ja nicht mehr dieselben«, sagen sie.

»Dieser entsetzliche Krieg«, sagen sie.

»Ich vermisse sie so.«

»Das kann bloß ein Mann, einfach über sie herfallen – hoffentlich finden sie ihn bald.«

So in etwa reden sie, während Lilli ihre müden, leblosen Gesichter studiert und sich fragt, ob ihr eigenes genauso müde und leblos ist.

Am schwersten haben es die Eltern, die gar nicht richtig anwesend sind, nicht essen und trinken, stumm die letzten Beileidsbekundungen entgegennehmen und wieder regungslos stehen und warten, dass die Feier vorbei ist.

Rosa könnte sich ruhig ein wenig um sie kümmern, doch sie kümmert sich leider überhaupt nicht, sie streitet lieber mit ihrem Mann Philipp, der den Sarg so schön getragen hat, und ausgerechnet jetzt müssen die beiden streiten, selbst wenn sie nicht sprechen, sondern sich lediglich böse anfunkeln und nicht kümmern.

Andrä ist gerade wer weiß wo, also läuft sie ganz allein zu den alten Leutchen, eben in dem Moment, als die Mutter wieder zu weinen anfängt; auch der Vater weint, allerdings anders als die Mutter – ganz still und ohne Tränen weint er und wackelt mit dem Kopf dazu.

Viel für sie tun kann sie nicht.

Sie teilt ihnen mit, dass es ihr so weit gut geht, dass sie Andrä kennengelernt hat, dass sie nicht weinen müssen, sie aber nichts dagegen hat, wenn sie es tun.

Und damit mischt sie sich wieder unter die anderen, ziemlich erschöpft, als wäre es demnächst genug, da sie mit den wenigsten etwas anfangen kann.

Aber jetzt lacht jemand.

Es ist das erste befreite Lachen, da drüben von einer Frau kommt es, und sie erkennt sofort, dass es ihre Freundin Carolin ist, mit der sie kürzlich das rote Kleid gekauft hat, daran erinnert sie sich nämlich genau; auch Carolin hat es sich gekauft, kann es heute selbstverständlich nicht tragen, obwohl sie es womöglich überlegt hat.

Sie mag es sehr, wenn Carolin lacht, und ist froh, dass sie sich so gut an sie erinnern kann; sie steht neben der Terrassentür und raucht, was sie nicht soll, jedoch unbeschwert tut und schon wieder lacht, ihre Freundin Carolin, die nie mehr ein Kleid mit ihr kaufen wird und gar nicht mehr ihre Freundin ist, weil sie von Lilli ja nichts weiß.

Und jetzt wird es ihr endgültig zu viel. Bis eben hat sie überlegt, ob sie sich zu Carolins Lachen hinbewegen soll, doch jetzt will sie auf schnellstem Wege weg, fängt im Gehen zu heulen an, findet Andrä nicht sofort, der drüben bei der Treppe steht und in der Sekunde bei ihr ist und fragt, was nun geschehen soll.

»Ich habe ja wirklich alles verloren«, sagt sie. »Nur weil meine Freundin gelacht hat, fange ich an, es zu begreifen.«

»Ja«, sagt Andrä dazu und erkundigt sich, ob sie sich nicht von Rosa und ihren Eltern verabschieden will, was in ihren Augen völlig sinnlos ist, er soll sie bloß in Ruhe lassen damit und sie auf der Stelle von hier wegbringen.

»Aber es ist gut«, sagt sie draußen. »Ich fange an, mich zu erinnern, ein paar erste Tröpfchen, besser als nichts.«

Andrä lächelt ein klein wenig, bevor er wieder sein Sorgengesicht aufsetzt und sie aus dem Haus auf die Straße führt, damit sie sich beruhigen und erholen kann.

»Es ist vorbei, Lilli, vorbei, vorbei«, sagt er, obwohl er doch wissen muss, dass es erst anfängt, da sie jetzt die Namen und Gesichter hat und nicht im Geringsten weiß, was sie mit ihnen anfangen soll.

14
Der Herzensfreund

Die nächsten Tage sind wie erwartet schwierig. Lilli muss wieder und wieder sagen, dass das Lachen der Freundin ihr die Augen geöffnet hat, dass alles verloren ist, sie sich nicht zurechtfindet, obwohl sie sich dauernd an Neues erinnert – Schnipsel von Reisen, Bettszenen, Essensszenen, Bootsfahrten, eine Nacht in einem Zelt irgendwo, einen Krankenhausaufenthalt, Kindheitskram.

»Ich weiß nicht, wohin damit«, sagt sie.

»Es ist einfach zu viel. Und wer ich gewesen bin, weiß ich trotzdem nicht.«

Darauf antwortet er in Variationen immer das Gleiche: dass sie geduldig bleiben muss, dass sie ja doch das eine oder andere herausgefunden hat, die groben Koordinaten, den Rahmen, in dem sie sich mal bewegt hat, so sehr er persönlich ja findet, dass dieses Früher erstaunlich rasch an Bedeutung verliert.

Aber das sagt er ihr nicht, freut sich an ihr, bringt sie hin und wieder zum Lachen, schleppt sie regelmäßig in die Gruppe.

In der Gruppe gibt es ebenfalls keinen Rat; beinahe alle sagen, dass sie bis zum heutigen Tag nicht wissen, wer sie gewesen sind, auch Solveig, die sich wortreich entschuldigt, einfach weggelaufen zu sein, was Lilli offenbar gar nicht bemerkt hat.

Sie hat so manches nicht bemerkt oder bemerken können: den einen oder anderen spöttischen Kommentar zu ihrem Kleiderfimmel, zum Zustand ihrer Ehe, die Szene mit Edgar, der am Grab einen Brief an sie verlesen hat; als alle schon weg waren, ist das gewesen, allein die beiden Karls haben es beobachtet, was Lilli bis jetzt nicht glauben mag.

»So ist er nicht«, behauptet sie und meint sich zu erinnern, dass er ihr hin und wieder geschrieben hat, mit einer kleinen, krakeligen Schrift, ja, stimmt, nur warum hat er das.

Genau das ist so eine Frage, die man bei Gelegenheit klären könnte, findet er.

»Klären«, sagt sie.

»Ich weiß, wo er wohnt, es ist Samstag, vielleicht ist er ja zu Haus«, schlägt er vor und mutmaßt, dass da wohl mehr als bloß Herzensfreundschaft zwischen ihnen bestanden hat.

Die Adresse ist praktisch um die Ecke, und so ist sie einverstanden, dass sie da jetzt hingehen, zumal es ein sonniger Tag ist, nachdem es zuletzt ununterbrochen geregnet hat.

»Ich mag, dass du so hartnäckig mit mir bist«, sagt sie und ist sehr aufgeregt, als Andrä auf ein Haus zeigt, weil sie alles wiedererkennt und fast sicher ist, dass sie hier schon gewesen ist, die Straße kennt, nachdem sie mehrfach fragen mussten, wo genau sie liegt.

»Dritter Stock, Seitenflügel«, sagt sie, findet sofort den Namen auf dem Klingelschild, was ihnen nicht viel hilft, weil die Haustür zu ist und sie nun warten müssen, bis ihnen jemand aufmacht.

Doch es kommt niemand, der ihnen aufmacht; sie warten eine Viertelstunde und eine zweite, und niemand macht ihnen auf.

»Ich bin hundertmal da gewesen«, sagt sie, und dass sie bestimmt auch die Wohnung wiedererkennt, wenn sie erst mal drin ist, und dann taucht irgendwann ein Paketbote auf und klingelt mehrmals vergeblich, und sie begreifen, dass sie umsonst gekommen sind.

»Am Ende ist er ja bei mir«, sagt Lilli.

An ihrem Grab, meint sie; vielleicht liest er ihr ja gerade was vor, was sie als Gedanke ziemlich rührend findet, dass ein Mann ihr etwas vorliest, womöglich für sie geschrieben hat und sich auf den Weg macht, es einer Toten vorzulesen, denn für ihn ist sie nur die Tote in ihrem Grab.

»Er weiß ja nichts von mir«, sagt sie, und dass sie es ihm bei Gelegenheit schon erklären wird.

»Aber sie hören nicht.«

»Und wenn doch?«

⚬

Obwohl sie rein gar nichts erreicht haben, ist Lilli merkwürdig beschwingt und will gleich weiter zum Friedhof, was bedeutet, dass sie neuerlich fahren und zum Grab laufen müssen, das zwischenzeitlich sicher zugeschüttet worden ist, und genau so ist es: Die Blumen und Kränze sind noch da, ein provisorisches Holzkreuz ist aufgestellt worden, auf dem Lillis Name und zwei Jahreszahlen stehen.

Vom Herzensfreund keine Spur.

Es ist ziemlich unwahrscheinlich gewesen, dass sie ihn antreffen würden, wie Lilli gehofft hat, die nun tapfer erklärt, dass sie nicht enttäuscht ist, sich ein Weilchen umschaut, ob er sich irgendwo findet – und tatsächlich, da drüben bei den Hecken sitzt er auf einer Bank.

Das sagt Lilli, die ihn schließlich kennt, während er lediglich einen Mann im Mantel sieht und nicht glauben mag, dass er der Richtige ist, doch Lilli hat keinen Zweifel, geht mit schnellen Schritten zu ihm hin und redet ihn ohne Vorwarnung an.

»Ach, hier bist du«, sagt sie. »Ach, Edgar, ach mein Lieber, nun haben wir uns gar nicht mehr gesehen.«

Und also ist es wirklich der Herzensfreund, der ein anderer, neuer Mensch zu sein scheint – einige Jahre jünger, als er ihn vom Foto in Lillis Zimmer in Erinnerung hat, weniger ansehnlich, als würde er kaum schlafen und mit den immer selben kreisenden Gedanken beschäftigt sein; alles ist lang und dünn und dunkel an ihm, man könnte annehmen, dass er Priester ist, er weiß selbst nicht, wie er darauf kommt.

Lilli jedenfalls ist kaum wiederzuerkennen, seltsam nervös, unwillig, weil der Mann nicht hört, obwohl sie ihm so viel Wichtiges mitzuteilen hat.

Sie scheint nicht zu wissen, wo sie anfangen soll, und sagt ohne Unterlass *Liebster* und *Edgar, mein Liebster.*

»Was haben wir bloß falsch gemacht, denn falsch gemacht haben wir was, sonst wäre ja nicht alles so.«

Ein paar Minuten ist sie mit diesen Reden beschäftigt. »Bitte sag mir, was mit uns gewesen ist, ich weiß es nämlich nicht«, fordert sie ihn auf, um ihn im nächsten Moment zu bitten, ihr den Brief vorzulesen, den er für sie geschrieben hat und den sie nicht kennt.

Doch der Herzensfreund bleibt regungslos sitzen, als würde er nur abwarten, bis der richtige Zeitpunkt gekommen ist, sich zu erheben und nach Hause zu gehen.

»Nun rede doch«, sagt Lilli.

»Schau mich wenigstens an, wenigstens anschauen könntest du mich doch!«

Und tatsächlich hebt er mit einem Mal den Blick und sieht sie nicht und sagt seufzend ihren Namen.

Er steht auf, und wie er so steht, kann sich Lilli plötzlich erinnern, dass sie mit ihm in diesem Park gewesen ist, irgendwann nachmittags, wie sie glaubt, auf jeden Fall nicht morgens.

»Das ist gut«, sagt er. »Bist du sicher? Angeblich ist er zum Tatzeitpunkt nicht in der Stadt gewesen.«

»Ja, bloß zum Tatzeitpunkt war es nicht.«

Was sie streng genommen nicht wissen kann und das auch zugibt und ankündigt, dass sie jetzt mit ihrem Edgar in dessen Wohnung geht, selbst wenn sie dann so bald nicht wieder herauskann: Sie muss wissen, was zuletzt mit ihnen gewesen ist.

»Ja, Andrä?«

»Bitte ja, ich muss«, sagt sie und schaut ihn lange prüfend an, bevor sie ohne Eile zum Ausgang laufen, zwischendurch mehrfach angesprochen werden und nicht darauf achten.

Der Herzensfreund ist nicht mit dem Wagen da, deshalb müssen sie wie auf dem Hinweg den Bus nehmen, was den Vorteil hat, dass Lilli überlegen kann, ob sie bei ihrem Plan bleibt.

Ganz schlau wird er aus ihr gerade nicht. Sie überlegt oder überlegt nicht, blickt ihn kaum an, als wäre sie längst oben bei ihrem Edgar.

Und dann stehen sie zum zweiten Mal vor dem Haus, in dem der Mann wohnt und das Problem hat, dass er den Schlüssel nicht sofort findet, weshalb sie Zeit haben, sich

kurz zu verständigen – dass sie so bald wie möglich wieder-
komme und er im Quartier auf sie warte.

»Pass auf dich auf«, flüstert er ihr noch zu, und dann ist
der Schlüssel gefunden, und Lilli geht mit ihrem Herzensfreund hinein.

Es gefällt ihm nicht, dass es so ist, was keine große Überraschung ist; die Überraschung ist, dass er sich seltsam erleichtert fühlt, ein bisschen an Lilli denkt, an seine Frau, an
die er ja eher selten denkt, und sich nun Vorwürfe deshalb
macht, unterdessen immer weitergeht und in eine Gegend
gerät, die er kennt, wobei er eine Weile braucht, bis er weiß,
woher, und irgendwann vor seinem Grab steht.

Er hat es ziemlich lange suchen müssen, aber jetzt hat er
es gefunden und steht wie blöde davor, nimmt mit einem
Gefühl der Rührung wahr, dass sich Christine immer noch
kümmert, sie hat eine Vase mit Astern vor den Grabstein gestellt, vielleicht hat er kürzlich Geburtstag gehabt, oder sein
Todestag hat sich gejährt; er kennt weder den einen noch
den anderen.

Ich sollte öfter an sie denken, sagt er sich, und dass sie
doch wissen müsste, dass er Astern nicht mag.

Meine Frau, sagt er sich, obwohl er sie nach all den Jahren
kaum mehr kennt.

Danach hat er es eilig; er muss so schnell wie möglich
zurück ins Quartier, um Lilli nicht zu verpassen, die jedoch
nicht auftaucht, weil sie da in dieser Wohnung gefangen ist
und hoffentlich etwas von dort mitnimmt, das sie gebrauchen kann.

15
Nirgendheim

Sie weiß gar nicht, wo sie anfangen soll; Andrä hat eine halbe Ewigkeit auf sie gewartet und will nun natürlich wissen, wie es war, allerdings kann sie nicht recht sagen, wie es war, irgendwie komisch, zu lang, auf jeden Fall zu lang.

Und so erzählt sie.

Sie erzählt nicht gut, findet sie, lässt auch einiges weg – dass sie sich neben Edgar ins Bett gelegt und gedacht hat, wie dumm von mir.

»Er hat mir nichts getan, wenn das deine Frage ist; er war mit mir im Park, aber getan hat er mir nichts.«

Sie ist hinter ihm die Treppe nach oben gelaufen und hat ihm zugesehen, wie er die Wohnungstür aufgeschlossen hat, und im selben Moment gewusst, dass es gut ist, dort, bei ihm, zu sein, wie früher, weil es auch früher gut gewesen ist.

»Mehr war da nie«, behauptet sie, wenngleich sie einen Rest Zweifel hat – einen von den hübschen, kleinen, die man gerne hat.

»Und was wissen wir nun, was wir vorher nicht gewusst haben?«, fragt Andrä.

»Oh, sehr viel.«

»Nur hilft es uns keinen Schritt weiter«, sagt er.

Was wahrscheinlich stimmt.

Aber es war schön, neben Edgar zu liegen, zu spüren, wie er an sie dachte und wirklich, wirklich am Leben war.

Sie hat ihm zugesehen, erst beim Kochen, später, wie er aß, wie er für sich den Tisch deckte, eine Flasche Wein öffnete, wie er es all die Male mit ihr getan hatte, wenngleich es diesmal lediglich Gemüsesuppe gab.

In den Tagen danach fällt ihr nach und nach ein, was sonst gewesen ist – dass sie viel gelaufen sind, mit seinem Kanu über Seen gefahren, viel geredet haben, über ihre Ehe mit Paul, der immer weniger Zeit für sie hatte, nicht weg von ihr wollte, nein, nein, nur immer seltener da und vorhanden war und sie allein ließ und in die Arme des lieben Edgar trieb.

Nicht in seine Arme.

Das nicht.

Nicht richtig jedenfalls, wenngleich sie sich zu erinnern meint, wie innig Edgar sie immer umschlungen hat und womöglich geküsst, allerdings eher so auf eine brüderliche Art.

So zumindest glaubt sie.

»Nur spielt das eine Rolle?«

Für ihn, meint sie, wozu er nur erwidern kann, dass ihn ihre Vergangenheit nichts angeht und als solche nicht interessiert; er möchte, dass sie ihren Frieden findet, mit sich selbst, soweit das möglich ist, ihre Leute trifft, ihre Schwester mit Mann und Kind, ihre Eltern, Paul vielleicht noch mal, ihre Kollegin.

So sagt er es, und fast liebt sie ihn ja dafür.

Als Erstes fährt sie zu ihrer Schwester.

Auf der Trauerfeier hat sie keinen genauen Eindruck von

ihr gewinnen können, da sie dauernd in Bewegung war, aber eben das ist Rosa, während der liebe Philipp die Ruhe in Person gewesen ist, nachdem er mit den anderen so schön den Sarg getragen hat – irgendwelchen Verwandten, wie sie im Nachhinein glaubt, alten Klassenkameraden, Männern von Freundinnen.

Der Name ihres Jungen will ihr auf die Schnelle nicht einfallen, bloß dass sie ihn immer gemocht hat und er hinter der Doppelhaushälfte ein Baumhaus hat, und da ist sie auch schon vor Ort und hat kein einziges Mal nach dem Weg fragen müssen.

Sie hat absichtlich einen Samstag ausgesucht, weil ihr Neffe an den Wochenenden viel im Garten ist, so das Wetter mitspielt, und das tut es zum Glück; Noah – ja, richtig – haben sie ihn genannt, und er ist einer von den Zappeligen, muss dauernd raus und rein zu seiner Mama, die fast genauso zapplig ist; von morgens bis abends hat sie etwas Dringendes zu erledigen.

Rosa ist nie berufstätig gewesen, doch zu tun hat sie rund um die Uhr; sie muss dem kleinen Noah zuhören und das Mittagessen für ihre Familie machen; sie muss geduldig bleiben und ist es manchmal nicht, nur wie es um sie steht, kann man selten erkennen.

»Ich hatte plötzlich Lust, euch zu besuchen«, sagt sie ihr zur Begrüßung.

»Ich vermisse euch ganz schrecklich, hörst du?«, sagt sie, und in diesem Augenblick erscheint Philipp, der im Schlafanzug ist und wissen will, wie Rosas Nacht gewesen ist.

»Ich habe von ihr geträumt«, antwortet sie.

»Wieder dasselbe?«, fragt Philipp.

»Na ja, nicht ganz«, sagt die Schwester. »Diesmal hat sie

nicht geweint, dafür habe *ich* ganz furchtbar geweint, weil sie ja wieder nicht aufstehen konnte und überall Schnee war, meterhoch Schnee, unter dem sie so gut wie begraben war.«

»Warum träume ich immer, dass sie im Schnee liegt?«, fragt sie Philipp.

Aber das weiß Philipp nicht, der noch halb schläft und die Schwester jetzt trotzdem fest in den Arm nimmt und sie drückt und daran erinnert, dass sie und Lilli früher oft beim Skifahren gewesen sind, vielleicht deshalb.

Worauf Rosa schnieft und dankbar nickt, weil das eine halbwegs plausible Erklärung ist.

»Gibst du Noah Bescheid, dass wir frühstücken?«, bittet sie, aber Noah will offenbar nicht frühstücken, er will schlafen, jedenfalls zeigt er sich nicht, obwohl Philipp ihn gewiss mit Engelszungen zu überreden versucht.

Und jetzt beginnt die Schwester doch zu weinen; die anderen sind nicht da, also darf sie das, während sie nebenbei anfängt, die Anrichte zu putzen, mal mehr putzt, mal mehr weint.

»Mir geht es gut«, versucht sie, der Schwester mitzuteilen, die mit dem Weinen aufgehört hat und ihre blitzsaubere Küche zu Ende putzt und anschließend überprüft, ob fürs Frühstück alles auf dem Tisch steht.

Hat Rosa das schwerere Los oder sie?

Das fragt sie sich und wäre am liebsten wie früher die große Schwester, die Rosa erklärt, dass man gut überlegen soll, um wen man weint.

Weint man nicht immer um sich selbst?

»Ach Rosa«, sagt sie zu ihrer Schwester Rosa, die kurz aufmerkt, weil sie die Stimmen von Philipp und Noah hört, die sich endlich an den gedeckten Frühstückstisch bequemen,

Letzterer mit trotzigem Gesicht, wie es Jungs in seinem Alter vor sich hertragen, wenn sie nicht mit ihren Eltern frühstücken wollen und überhaupt am liebsten für sich sind.

»Können wir ausnahmsweise *nicht* über Tante Lilli sprechen«, ist das Einzige, was er von sich gibt, so mit einem feinen Lächeln, als sei es höchste Zeit, dass man die arme Tante in Ruhe lässt.

Ja, genau, denkt sie und möchte ihm am liebsten über den Kopf streichen, was Rosa in diesem Moment übernimmt; Noah macht Anstalten, sich wegzudrehen, lässt sie am Ende jedoch gewähren.

Auch er hat, wie sich herausstellt, von Lilli geträumt, obwohl er sich an die Details nicht erinnert und bloß weiß, dass sie sehr lieb zu ihm war, irgendwo in Italien, glaubt er, nur sie und er am Meer, ja, am Meer.

Und jetzt frühstückt die kleine Familie, und wie sie da so sitzen und miteinander reden, ist sie etwas neidisch und gleichzeitig froh, weil sie einen Platz bei ihnen hat, eine gemeinsame Vergangenheit, von der sie das meiste allerdings nicht weiß.

Am Nachmittag trennen sich ihre Wege. Rosa hat einen Friseurtermin, sodass Philipp den Wocheneinkauf alleine machen muss und ihr Neffe in seinem Baumhaus in aller Ruhe malen kann, weil das seine Leidenschaft ist, wie sie wieder weiß und sofort beschließt, mit ihm zu gehen, nach oben zu klettern und neben ihm auf dem Bretterboden Platz zu nehmen, um ihm beim Malen zuzuschauen.

Aber er malt gar nicht.

»Tante Lilli, bist du's?«, fragt er. »Ich höre, dass da jemand ist, und ich glaube, das bist du.«

»Ja, ich bin's«, sagt sie.

Und so reden sie ein bisschen; nicht lange, weil Noah ja malen will, jedoch einverstanden ist, wenn sie nebenbei miteinander reden und er erfährt, dass es ihr gut geht und nirgendwo Schnee ist, wo sie ist, er sich also keine Sorgen zu machen braucht.

»Ich mache mir keine Sorgen«, behauptet er, weiß auch sofort, dass er niemandem von ihrem Gespräch erzählen wird und seiner Mutter schon gar nicht.

»Ja, so ist es gut«, sagt er und will wissen, warum er sie eigentlich nicht sehen könne, da Tante Lilli ihn offenbar sehr gut sehe, da sie andernfalls ja wohl kaum in sein Baumhaus gefunden hätte.

Und schweigt.

Sie hat ihn gleich am Tag seiner Geburt besucht, fällt ihr ein, ihm jahrelang Geschenke gemacht, für die er zu klein war, Bücher, die er nicht lesen konnte, ein Puzzle mit tausend Teilen, das zur Hälfte aus Himmel bestand.

Gut, das weiß ich jetzt, sagt sie sich und sieht ihm eine Weile beim Malen zu, obwohl er hauptsächlich schreibt, *Tante Lilli,* schreibt er, in großen roten Buchstaben, in die er nach und nach bunte, getupfte Blumen legt, damit sie sich erinnert, wie gern er sie hat.

Andrä ist nicht begeistert, dass sie mit Noah gesprochen hat, lobt und mahnt sie, dass sie langsam machen soll, dass er sie bewundert, für ihre Unerschrockenheit, ihre Beharrlichkeit.

»Vor allem schaue ich, gehe spazieren und betrachte, was mein Leben gewesen ist«, sagt sie und besucht den einen Tag

Rosa und den anderen ihre Eltern, wo es am schwierigsten für sie ist; die Eltern fahren zweimal täglich zum Friedhof und sind danach regelmäßig erledigt, ruhen sich aus oder essen eine Kleinigkeit, die Mutter mehr als der Vater, der das Essen kaum anrührt und jede freie Minute über seinen Puzzles sitzt und wenig sagt.

»Ich sehe sie immer da liegen«, bemerkt er allenfalls, in seinem Kopf die tote Lilli, die er und die Mutter ja gesehen haben dürften oder er ganz allein und die Mutter nicht, was sie alles nicht weiß.

Es ist schwer auszuhalten, sie so stumm und verbissen zu sehen, auf dem Friedhof, wenn sie sich beklagen, dass nun doch alles recht verwelkt und unordentlich ist und die Friedhofsverwaltung hoffentlich bald Ordnung schafft; wenn sie sich an den Händen halten und nicht begreifen; wenn sie gar nicht an Lilli denken.

Wie gut sie diese Lilli wohl gekannt haben?

Die Mutter kocht, der Vater puzzelt.

Sie mag, dass sie das tun, weil es immer so gewesen ist, so gewöhnlich, so liebenswert; aus denselben Gründen befremdet es sie.

Hat sie deshalb so früh geheiratet?

Denn auch das fällt ihr ein, wie unfassbar jung sie war, als sie von zu Hause wegging, um für immer bei Paul zu sein, der alles andere als bescheiden ist und es nie war.

Und so reimt sie sich das eine oder andere zusammen.

Auch Paul versucht sie zu besuchen, der jedoch verreist oder wer weiß wo ist, Edgar vorläufig lieber nicht, das wird ihr sonst zu viel oder ist es längst.

Sie merkt, wie sie mit jedem Besuch trauriger und hilfloser wird, enttäuschter, wissender, was ja der Grund für ihre Enttäuschungsgefühle ist, ihre Trauer, ihr Ausgeschlossensein, da sie immer bloß zuschaut und keine Verbindung besteht, auch mit Noah nicht, der sie immerhin gehört und geantwortet hat, wenn auch nur das eine Mal im Baumhaus.

Fast jeden Abend sagt sie Andrä, wie traurig sie ist.

»Es tut dir nicht gut, dich mit ihnen zu beschäftigen«, ist seine Meinung. »Du musst aufhören damit.«

»Aber ich *will* traurig sein; ich *darf,* ich *muss,* keine Ahnung, wie das mit meinem Traurigsein ist.«

»Zum Glück habe ich ja dich«, sagt sie.

»Ja, mich hast du.«

16

Das Haus am See

Bei ihm passiert nicht viel; seine Mitarbeiter berichten regelmäßig, ob es neue Erkenntnisse in Lillis Fall gibt, doch es
gibt nichts, keine weiteren Zeugen, gar nichts.

Ist es wirklich schon Dezember?

Die Tage sind kurz und dunkel, er langweilt sich, macht
alle paar Tage einen Besuch bei Bertram, der den Fall vergessen zu haben scheint, mit Papierkram beschäftigt ist und
wer weiß was denkt oder sich lediglich beschäftigt und gar
nichts denkt.

Er versucht, mit ihm zu reden, um ihm sozusagen Beine
zu machen, wenngleich es wie erwartet sinnlos ist und Bertram nicht mal zuckt, bekümmert wirkt, ratlos, aber eben
keine Anstalten macht; es ist seit Jahren der erste Fall, der
nach bald zwei Monaten ungeklärt geblieben ist, und eigentlich kann er das ja nicht hinnehmen.

Dennoch ist es so: Er hört nicht und nimmt es hin.

Lilli hat auf dem Friedhof ein weiteres Mal ihren Edgar
getroffen und weiß nicht, was sie je an ihm gefunden hat;
sie möchte fürs Erste gar niemanden mehr besuchen, zumal
sie auch auf ihrer schönen Sitzbank dauernd besucht und
belagert werden; man kann nicht ungestört reden, dauernd
glotzt jemand, will wissen, wo sie gewesen sind, was der Fall

macht, wo sie ihr Kleid gekauft hat und dergleichen mehr – sie hat allmählich genug davon.

»Lass uns für ein paar Tage wegfahren«, schlägt sie eines Abends vor, weil sie das doch könnten, einfach in einen Zug steigen und alles hinter sich lassen, auf andere Gedanken kommen, ja, genau.

Bis vor einer Minute scheint sie nicht gewusst zu haben, dass sie das will, aber jetzt will sie es.

»Irgendwohin aufs Land, wo es schön ist.«

»Na gut«, sagt er und weiß im selben Moment, wohin sie fahren können.

»Und wohin bringst du mich also dann?«, möchte sie wissen, um im selben Atemzug zu erklären, dass sie sich lieber überraschen lassen will.

»Aber du kennst den Ort, du bist bereits dort gewesen«, vermutet sie.

»Ja«, sagt er und fragt sich, ob es klug ist, ihr das Haus auf dem Land zu zeigen; er ist seit hundert Jahren nicht dort gewesen, früher natürlich regelmäßig und in der Regel allein, weil Christine es zu weit war und sie das Land nicht besonders mochte, womöglich hat sie Haus und Garten ja längst verkauft.

»Du musst dich nicht erklären«, sagt Lilli, als sie im Zug sitzen. »Was gewesen ist, gehört dir, trotzdem kannst du alles mit mir teilen.«

Und so fahren sie zusammen dahin, zurück in seine Vergangenheit, so verblasst sie zwischenzeitlich ist. Anfangs ist er ziemlich angespannt, doch kaum haben sie die Stadt verlassen, kann er sich ohne Scheu erinnern und sagen, dass es ein kleines, bescheidenes Haus sei, am Rande eines Dorfes; das Dorf sei ebenfalls ein kleines, bescheidenes, sie solle nicht enttäuscht sein.

Aber Lilli ist bloß froh, dass er sie aus der Stadt bringt, damit sie nicht länger diese dummen Besuche machen muss, hüpft eine gute halbe Stunde später aus dem Zug und nickt, als hätte sie ihr halbes Leben auf dem Land verbracht, begrüßt links und rechts die Häuser, Gärten, Wege, den dichten Wald, durch den sie nun müssen, und irgendwann halblinks auf einen kleineren Weg, an dessen Ende ein Stück See zu sehen ist und davor linker Hand das Haus.

Er ist seit zehn Jahren nicht hier gewesen, er erkennt es kaum wieder; Christine hat es in einem hellen Feuerwehrrot streichen lassen, Türen und Fenster sind neu, drinnen die Küche, der Boden, die Heizkörper.

Manches erkennt er: im hinteren Teil die Buchenhecke, die er Jahr für Jahr geschnitten hat, die Beete, den Schuppen, den er mal gebaut hat.

»Ich freue mich, dass du mich hierhergebracht hast«, sagt Lilli und will wissen, wie es für ihn ist.

Doch er weiß nicht, wie es für ihn ist, also, seltsam auf jeden Fall. Nicht seltsam, nein; es geht ihn bloß nichts an, das Haus von heute so wenig wie das von früher, an das er sich natürlich bestens erinnert: dass er es mochte, gerne an diesem Ort war, der verheiratete Mann, der an den Wochenenden in der Erde wühlt, Holz hackt für den Winter.

All das.

»Die Erinnerung macht dich traurig«, glaubt sie.

»Na ja, schon, aber so, als wäre es die Erinnerung eines anderen, dem ich zusehe, wie er traurig ist.«

Unten am Seeufer, das nicht Teil des Grundstücks ist, fühlt er sich besser; die Planken vom Steg sind neu, über dem Wasser kreisen zwei Rote Milane, und sonst ist niemand zu sehen; eine blasse Wintersonne steht am Himmel, und natürlich werden sie jetzt den See umrunden, wie Lilli es nun mal liebt und sich auch nicht beklagt, dass man wegen des vielen Schilfs bloß teilweise am Ufer laufen kann und ein Großteil des Weges landeinwärts durch Wald und Wiesen führt.

Einmal sitzen sie länger auf einem Hochstand, wo sie jede Menge Fragen zu seiner Ehe hat und er fast erschrickt, wie wenig es zu diesem Thema zu sagen gibt.

»Aber ihr mochtet euch.«

»Mochtet ihr euch nicht? Am Anfang ist das doch so.«

Und weil sie so hartnäckig fragt, stellt er ihr drei, vier Szenen zusammen, einen Streit, die ersten Umarmungen, etwas vom Anfang – wie sie bei Regen stundenlang durch die Stadt gingen und vergaßen, nach ihren Namen zu fragen.

Es war sie, die die Wahl traf, sie lud ihn ein, und er nahm die Einladung an.

»Mehr weiß ich nicht.«

»Mehr willst du nicht erzählen, soll das heißen«, sagt sie, und dass sie das akzeptiere.

Inzwischen ist es später Nachmittag geworden, es beginnt zu dämmern, und so beschleunigen sie ihre Schritte, gehen den Rundweg eilig zu Ende und überlegen, wo sie über Nacht bleiben sollen.

Unten am See, lautet sein Vorschlag, weil er nicht in der Nähe des Hauses sein möchte, womit sie einverstanden ist; sie setzen sich auf den neu gemachten Steg und schauen in das schwarze Wasser, in dem sich ein scharf konturierter

Mond spiegelt, ein paar Enten sind zu hören, bevor nach und nach Stille eingekehrt, auch zwischen ihm und ihr.

»Bist du noch da?«, fragt er, und sie sagt Ja und dass ihr soeben etwas Wichtiges eingefallen ist.

Die Szene im Park, kurz bevor es passierte.

»Der Kerl hat geflüstert, dass er verdammt wütend auf mich ist, und dann ganz schrecklich geknurrt.«

So sagt sie es und anschließend nichts weiter.

⚭

Am Morgen danach ist sie bester Dinge, sucht auf verschiedenen Wegen seine Nähe und kommt noch einmal auf die Szene im Wald zurück, die Sache mit der Wut, die sie interessant findet, beängstigend, da sie sich doch gar nicht kannten.

Sie würde am liebsten noch einen Tag bleiben, sagt sie, und weil ja nichts zu tun ist und sie so bittend fragt, bleiben sie einen weiteren Tag, der mehr oder weniger zu einer Wiederholung des ersten wird, außer dass sie diesmal alles zweimal machen, zweimal um den See laufen, zwischendurch zweimal auf ihren Hochsitz klettern und zwischendurch reden oder nicht.

»So gefällt es mir«, sagt sie. »Mit dir und mir, bloß wir zwei.«

Einmal sehen sie weit weg, am anderen Ufer, einen Mann vorübergehen, doch sonst begegnet ihnen keine Menschenseele; alles ist für sie, als wären sie plötzlich ganz allein auf der Welt.

Er freut sich, dass Lilli so gut wie alles gefällt, obwohl er sich gleichzeitig fürchtet, weil es nicht so bleiben wird, wie ja überhaupt selten etwas bleibt.

Abends, auf dem Steg, sind sie wiederum recht schweigsam, was er als angenehm empfindet und genug damit hat, dass sie da ist, dass sie atmet, zwischendurch mit einem Seufzen seine Hand nimmt, als wäre es doch auch eine Mühe, hier, neben ihm, zu sitzen, was er sich gewiss einbildet.

Auf der Rückfahrt im Zug bedankt sie sich bei ihm, dass er sie mit aufs Land genommen hat und sie ihn nun besser kennt, besser versteht, was sie alles nicht in Worte fassen könne.

Auch die Stelle möchte sie jetzt endlich kennenlernen, am Hafen, wo es ihm passiert ist.

»Ganz kurz, damit ich es mir vorstellen kann.«

»Es ist fast zehn Jahre her«, gibt er zu bedenken, aber gut, wenn sie unbedingt will, fahren sie da zum Abschluss hin.

Er hat die Stelle nie mehr besucht und findet sie deshalb nicht gleich und am Ende natürlich doch, obwohl es damals stockfinster war, und jetzt ist es überall hell, man kann alles gut erkennen, überall auf dem Gelände stehen verpackte Boote, die damals im Wasser lagen, und aus einem von ihnen fielen dann wohl die Schüsse.

Er fühlt sich nicht gut, während er sie herumführt und vergeblich nach der Laterne sucht, denn zu dieser Stelle vor allem möchte sie, und als er sie findet, ist es eine x-beliebige Laterne am Rande eines Yachthafens.

»Es ging um zwei Verdächtige in einem Mordfall«, erklärt er ihr, und dass er nicht alleine zum Hafen gefahren ist, es sei jemand dabei gewesen und dann nicht mehr.

»In Wahrheit erinnere ich mich an sehr wenig, obwohl ich mich lange bemüht habe: was genau der Fehler war, so es einen gab, eine Schlamperei im Ablauf, dass ich nicht ausgeschlafen war oder es insgeheim darauf anlegte, dass mir was passierte.«

»Dir etwas passierte, ja«, sagt sie. »Ich bin dir zum Beispiel passiert.«

»Am besten, du vergisst es.«

Was sie nicht weiter kommentiert und vorschlägt, so schnell wie möglich von hier wegzugehen, wofür er ihr dankbar ist und in aller Stille alle ihm bekannten Götter bittet, dass sie ihm noch ein Weilchen bleibt.

17
Eine Art Liebesgeschichte

An Silvester hat sie endgültig genug von ihrer Kaufhausunterkunft und den ganzen Leuten, die sie stören und selten zur Ruhe kommen lassen.

»Ich muss hier raus«, sagt sie.

Der Ort ist ihr egal, Hauptsache, sie sind ungestört.

»Auf keinen Fall draußen, es muss irgendwo drinnen sein.«

»Drinnen, ja.«

»Keine Hochsitze, keine Stege.«

Viel Zeit bleibt ihnen nicht, es ist früher Samstagabend, sie laufen etwas kopflos Richtung Marktplatz und weiter in eine Seitenstraße, wo nicht gar so viel Betrieb ist, probieren es in einer Drogerie, entdecken ein Bettengeschäft, in dem alles belegt ist, zum Teil mehrfach, also nein.

»Komm, schnell, da drüben«, sagt Andrä, dem sie, ohne zu überlegen, hinterherläuft und kurz darauf in einem kleinen Weinladen steht, dessen Besitzer gerade aus der Tür kommt und kurz darauf abschließt.

»Gut«, sagt sie sich.

Überall sind Regale mit Flaschen, es ist nicht viel Platz, es ist dunkel, dafür scheinen sie für sich zu sein.

»Schau mal«, sagt Andrä, der nach hinten in einen weiteren Raum gegangen ist – in ein gar nicht so kleines Büro, wie sich herausstellt, in dem sogar ein braunes Sofa Platz gefunden hat, recht breit, ziemlich alt, aber ein Ort, an dem sie sich in aller Ruhe niederlassen können.

»Na, komm, setz dich«, sagt er, und obwohl sie sich gleich setzt, weiß sie für den Anfang nicht recht; es ist erstaunlich laut, wofür sie keine Erklärung findet, bis sie begreift, dass es Böllerschüsse sind; es ist der letzte Tag des Jahres, und ausgerechnet heute sind sie hier gelandet.

Sie fragt sich, was genau sie von ihm weiß, und das eine oder andere weiß sie inzwischen ja: Sie mag seine Stimme, seine Zweifel, den Rest Kummer, der geblieben ist – das alles mag sie an ihm und wird es ihn heute vielleicht wissen lassen, so sie endlich wirklich, wirklich alleine sind, weil von der Straße vorläufig alle möglichen Stimmen zu hören sind, einmal ein längeres Getuschel, dass sie schon glaubt, jemand sei vorne im Laden, worin sie sich glücklicherweise täuscht.

Inzwischen ist es so dunkel, dass sie ihn kaum erkennen kann; sie hört, wie er atmet, in diesem einvernehmlichen Schweigen, das zwischen ihnen ist und irgendwann enden wird, ganz von selbst, weil einem von ihnen etwas eingefallen ist, das gesagt oder gefragt werden muss.

Aber es fällt ihnen beiden nichts ein, während es draußen kracht, bevor es kurz still wird und dann neuerlich kracht.

»Am Anfang muss man flüstern«, überlegt sie, doch selbst das erweist sich als schwierig, obwohl letztlich gar nichts schwierig ist, und also reden, flüstern sie jetzt, rufen sich ins Gedächtnis, was ihr Anfang gewesen ist, die ersten Blicke, Gedanken, Regungen.

»Erinnerst du dich?«

»Als wäre es gestern, erinnere ich mich.«

Sonderlich viel ist es streng genommen ja nicht; ihr Kleid taucht mehrfach auf, wie verwirrt sie gewesen ist, ein bisschen ruppig in den ersten Stunden, wenngleich sie sofort geahnt hat, dass alles ganz besonders mit ihm ist oder noch werden wird.

Und so flüstern sie eine lange Weile.

Auch liegen möchte sie jetzt, das Sofa ist ja recht breit, und so im Liegen kann man leichter Dinge sagen oder sie erfragen.

Wie kann das alles bloß sein, fragen sie sich und versuchen zu rekapitulieren, wer sie gewesen sind, wobei nicht viel Neues dazukommt: Andrä auf einer Schaukel und sie beim Rollschuhfahren, vage Szenen aus der Schulzeit; sie sind beide in Italien gewesen, am Comer See sie und auf Sizilien er, nur wann und mit wem – keine Ahnung.

Als blieben am Ende lediglich die Namen.

Paul und Christine, so hießen sie doch.

»Es spielt keine Rolle, was gewesen ist«, sagt er.

Und auch für sie spielt es beinahe keine Rolle mehr.

Und so tasten sie sich Schritt für Schritt voran, sagen ein paar Worte, nähern sich und legen Bekenntnisse ab, machen sich vertraut.

»Liebste«, sagt er.

Es ist das erste Mal, dass er sie so nennt, es klingt neu und fremd, denn wann ist sie zuletzt von jemandem so genannt worden, doch findet sie es schön und recht, dass er ihre Hand nimmt und sie sein Gesicht in der Dunkelheit zu sehen meint und gleichzeitig alles, was sie bereits kennt – wie er sich bewegt, seinen Anzug, Hände, Beine, die Schuhe, da er im Gegensatz zu ihr ja noch Schuhe hat, geschnürte, schwarze.

»Ich weiß genau, wie es mit dir ist«, sagt sie.

Von der Straße kommt ab und zu farbiges Licht, deshalb kann sie für Sekunden etwas von ihm erhaschen, spürt einen Hauch Hand, die anschließend mal da, mal da ist, obwohl es wirklich nur ein Hauch ist, eigentlich ein Nichts, wie sie sich eingesteht und zugleich merkt, wie etwas in ihr erwacht, irgendein Wissen, das jede einzelne Empfindung kennt oder sich zusammenreimen kann.

»Ja, so«, sagt sie. »Ja, das.«

»Nicht aufhören«, sagt sie.

Dennoch bleibt das meiste seltsam, irgendwie pelzig – windig, wie sie überlegt, als wären sie einander Winde, die über Körper streichen, voller Zärtlichkeit und Bedauern.

Sind sie überhaupt wach?

Aber jetzt seufzt er; sie küsst ihn, und er seufzt, was ja immerhin ein Gelingen ist.

Es ist nicht viel von uns übrig, sagt sie sich oder ihm, obwohl sie jederzeit gut weiß, wie sich die Dinge anfühlen, wohin sie führen oder führen würden; beinahe jeden Moment weiß sie das, hört draußen den Lärm, zwischendurch, was er redet, was er erwähnt, die Härchen an ihren Ohren, wo und wie etwas gebogen und gewölbt bei ihr ist.

Danach sind sie recht still. Sie könnte nicht sagen, wie spät es ist, irgendwas zwischen elf und zwölf, vermutet sie, was zu den bunten Lichterfetzen passt, die sich immer öfter zu ihnen verirren, die Stimmen der Leute drüben vom Marktplatz, die sich dort versammelt haben und darauf warten, dass das neue Jahr beginnt.

Sonderlich viel denken muss und kann sie vorläufig nicht, dazu ist alles zu frisch, der Nachklang des Zaubers, der gewesen ist; aber sie fühlt sich gut, mag, dass er den Arm um sie gelegt hat und sie nicht reden muss.

Hoffentlich bleibt er mir, sagt sie sich, und möglicherweise sagt er sich das ja ebenfalls, dann hätte hier, in diesem Kabuff, ein neuer Abschnitt für sie beide begonnen.

Er ist ein trauriger Mann, fällt ihr ein, und dass er wie sie in seinen Gedanken lebt, nicht immer da sein wird, nicht in allem verständlich, so wie auch sie sich nicht in allem verständlich ist.

»Happy new year«, sagt er.

Von draußen ist jubelndes Geschrei zu hören, die bunten Lichter werden mehr, bevor sie nach und nach weniger werden und Stille einkehrt.

Die nächsten Tage sind trüb und regnerisch; Andrä hat die Nacht kein einziges Mal erwähnt, und auch sie erwähnt sie nicht, weil ja klar ist, dass sie alles verändert hat.

Auch die Gruppe scheint zu bemerken, dass etwas neu zwischen den beiden ist; keiner von ihnen hat Erfahrung in diesen Angelegenheiten, man hat Bekanntschaften gemacht, aus denen manchmal Freundschaften geworden sind, und mehr ist nie gewesen.

»Eine Liebe wäre allerdings die Rettung«, sagen sie.

»Ich traue niemandem mehr, nein, nein«, sagen sie.

Die kleine Solveig findet, dass eine Beziehung hauptsächlich Arbeit ist, worauf die Kapuzenjungs heftig widersprechen und von einer Arbeit nichts wissen wollen.

»Man lernt sich kennen und geht irgendwohin, wo man sich hinlegen kann, und dann wird das in aller Regel schon.«

»Und was genau, bitte, wird dann schon?«, fragt Solveig.

»Na, die Liebe. Mehr ist die Liebe nicht.«

»So ein Quatsch«, widerspricht sie. »Danach fängt sie doch überhaupt erst an.«

Es gefällt ihr, dass sie so reden, das Davor und Danach gefällt ihr, die Wege, die sie mit Andrä macht, der sich die Zeit nimmt und sie bestärkt, weiterhin niemanden zu besuchen.

Ein bisschen misslich ist, dass sie wieder in ihr altes Quartier zurückkehren mussten, weil der Weinladen plötzlich geschlossen hat; an der Tür hängt ein handgeschriebener Zettel, auf dem der Besitzer das bedauert und sich für die jahrzehntelange Treue seiner Kunden bedankt, die ihre Sancerres und Primitivos – früher Andräs Lieblingsweine – nun woanders kaufen müssen.

Aber davon abgesehen, ist nichts weiter misslich; sie wissen noch immer nicht, wer der junge Mann auf dem Video ist, was sie gelegentlich beschäftigt, als wäre da ein Schatten, eine latente Drohung, die nicht aus der Welt ist und in ihr wohnt.

Schmerz kann man es nicht nennen, auch Angst nicht, eher eine Art Verblüfftheit, dass jemand das kann, über jemanden herfallen und ihn töten, obwohl er ihn nicht kennt.

Wieso kann einer das?

Das würde sie gerne wissen.

Manche Fälle blieben leider ungelöst, hat Andrä gesagt; es sei sehr selten, komme aber vor.

Ja, auch das.

»Was machst du denn hier?«, fragte er.
»Warten.«
»Auf wen denn?«
»Auf den Zauberer.«

Friedrich Dürrenmatt, *Das Versprechen*

18
Kommissar Zufall

Danach ist natürlich einiges anders; er merkt es jeden Tag: Da es mit dem Weinladen nichts werden kann, beginnt Lilli von einer anderen Wohnung zu träumen, erinnert sich an neue Details von früher, die sie ihm angeblich bloß erzählt, weil sie völlig unwichtig sind, ist ein bisschen überdreht, eine der vielen Lillis von früher, wie er vermutet, obwohl er von diesen Lillis nichts weiß.

»Du freust dich ganz anders als ich«, sagt sie, und dass Männer eben ganz anders seien, oder speziell er, und genau dieses Anderssein gefalle ihr an ihm.

»Ich bin noch lange nicht fertig mit dir«, sagt sie, nimmt sogar die abendlichen Störungen hin, erweitert ihren Horizont, wie sie es bei Gelegenheit nennt.

Er selbst braucht nicht viel; mag es, mit ihr auf der Sitzbank zu liegen, seine kleinen Einbildungen, wenn er zu wissen meint, wie sie riecht, wie sie seine Hand drückt.

Das alles.

Fehlt etwas?

»Ich für mich überlege noch«, lässt sie ihn wissen, und als sie fertig damit ist, will sie mit ihm in sein berühmtes Kommissariat, wo er all die Jahre gearbeitet hat und bis heute hingeht, selbst wenn es, ihren Fall betreffend, umsonst ist.

Sie hat sich gemerkt, welchen Weg sie nehmen müssen, es regnet, na gut, aber wen kümmert's, sie müssen nicht weit laufen, auch mit der Tür haben sie Glück, und so kann er ihr alles zeigen.

»Es werden auch einige von uns da sein«, fügt er hinzu, Neugierige und Wichtigtuer, die unvermeidlichen Krimifreunde, was sie bald merken werde.

⚬

Sie will vor allem in sein altes Büro; Bertram und die Delius will sie unbedingt sehen, auf die sie in der Gerichtsmedizin gar nicht richtig geachtet hat.

Da er vor Ort das meiste nicht mehr wahrnimmt, hat er angenommen, dass sie maximal eine halbe Stunde dafür brauchen würden, doch Lilli lässt sich alle Zeit der Welt und ist überrascht; allein für die Eingangshalle hätte sich der Weg gelohnt, so hübsch und geschmackvoll dort alles ist: an den Wänden das gedeckte Grün und das Gelb, die silbergraue Uhr über der Pförtnerloge, das geschwungene Treppengeländer; auf die Besucher, die hier nichts zu suchen haben, achtet sie nicht, aber den kugelrunden Pförtner muss sie sich näher anschauen, er lächelt so grimmig-freundlich wie im Film.

»Alles so schön altmodisch«, findet sie und will gar nicht glauben, dass es gerade so weitergeht, denn überall sind Farben, in jedem Stockwerk eine andere.

Umso enttäuschender findet sie sein Büro.

»Ach, nein, wie kann das sein«, sagt sie nur. »Und hier hast du es all die Jahre ausgehalten?«

Bertram ist nicht da, was sie ebenfalls enttäuscht, der

lange weiße Tisch mit dem ganzen Kram drauf und dass alles so farblos und langweilig ist.

Eine Weile steht sie am Fenster, setzt sich kurz hin und läuft wieder zum Fenster.

»Und wo finden die Verhöre statt?«, will sie wissen, worauf er erklärt, dass es Vernehmungen, Befragungen heißt; es gibt einen eigenen Raum dafür, der wie sein Büro eingerichtet ist, es gibt Kameras dort, eine große Tafel wie in einer Schule und sonst weiter nichts Besonderes.

»Gut«, sagt sie. »Dann kenne ich mich jetzt ja aus.«

»Mehr ist es leider nicht.«

Von den beiden Zellen unten im Erdgeschoss kann er ihr nur erzählen, da sie hinter verschlossenen Türen liegen und überhaupt selten gebraucht werden.

»Wo die Bösen schlafen«, sagt sie.

»Ist es nicht erstaunlich, dass sie Böses tun?«

»Na ja, böse«, meint er.

»Sind sie etwa nicht böse? Weil sie schlafen?«

»Was sie tun, ist böse.«

Was ja bedeutet, dass auch gute Menschen Böses tun, schlussfolgert sie.

»Ja, bedeutet es das?«

»Ach, ich weiß es doch selbst nicht, Lilli!«

Nicht zum ersten Mal fragt er sich, was mit ihr passieren wird, wenn sie den Mann auf dem Video doch noch kriegen; wenn sie ihn eines Tages kriegen, wird sie ihn sehen wollen, es nicht glauben, ihn anschreien oder ganz still überlegen, ob man ihm etwas anmerkt und ob er es gegebenenfalls wieder tun würde oder nicht.

All das.

Was sie natürlich auch bleiben lassen kann; es ist schon

viel Zeit vergangen, seit sie in diesem Park gewesen ist, und je mehr Zeit vergeht, desto unwichtiger findet sie es am Ende vielleicht.

Er hat sich damals nur die Fotos angesehen, irgendein Gesicht, zu dem ein Name gehörte, der ihm nicht weiterhalf.

☙

Sonst ist fürs Erste nicht viel; sie schauen sich in einem kleinen, abgelegenen Kino *Harold and Maude* an, was einer seiner Lieblingsfilme ist, begeben sich noch einmal ins Kommissariat, damit Lilli sich ein genaueres Bild von Bertram machen kann und anschließend lediglich erklärt, dass sie seinen Schnauzbart nicht mag.

Ihre Familienausflüge hat sie nicht wieder aufgenommen; besucht ihre Eltern nicht, ihre Männer nicht, ihre Schwester, Philipp und Noah.

»Ich vermisse sie lieber, als sie zu sehen«, sagt sie, und dass sie sich wenn möglich nur noch an die Toten halten will, denn Tote seien sie ja, obwohl es sich keine Sekunde so anfühle.

So, allen Ernstes, formuliert sie es.

Auch für die beiden Karls beginnt sie sich näher zu interessieren; sie haben sie nach dem Besuch bei Bertram länger gesprochen, und Lilli hat ihnen tausend Fragen gestellt – wie sie früher gelebt haben, woran sie sich erinnern, wie sie Andräs Mitarbeiter geworden sind.

»Oh, welche Ehre, dass Sie fragen«, haben sie gesagt.

Sie kennen sich seit einer halben Ewigkeit, hat sie zu hören bekommen; waren lange krank und gemeinsam auf einer geriatrischen Station, wo sie sich schrecklich gelangweilt hätten und dann im Abstand weniger Tage gestorben und kurz darauf wieder über den Weg gelaufen seien.

»Und Andrä?«

Andrä sei ein Schatz, haben sie sofort gesagt, es sei eine Freude, für ihn zu arbeiten, auch wenn er sich leider nicht für Romane interessiere.

»Romane?«

»Na, deshalb haben wir uns ja angeboten, weil wir alle möglichen Romane gelesen haben und uns mit Kommissaren auskennen.«

»Ja, ist das so?«, hat Lilli abends im Quartier nachgefragt, und natürlich ist es ganz anders gewesen, die beiden sind ihm einfach zugelaufen, haben sich nicht abschrecken lassen, und so hat er unvermutet zwei Mitarbeiter gehabt.

»Sie sind herrlich«, hat sie dazu gesagt, und dass nun alles mit ihr in Ordnung kommen wird, nach und nach, und dass sie wieder viel spazieren gehen muss, allein an irgendwelchen Wassern sitzen, auch an der Stelle, wo er sie gefunden hat.

Den ganzen nächsten Tag ist sie unterwegs, kommt pünktlich zurück, erzählt.

»Offenbar bin ich jemand, der sich gerne finden lässt; Rita hat das zu mir gesagt.«

Er hat keine Ahnung, von welcher Rita sie spricht, worauf Lilli erklärt, dass sie eine der Frauen aus dem Park ist, die sie in den ersten Tagen besucht haben und seit Wochen vergeblich darauf warten, dass sie sich zeigt und sie zusammen losziehen.

Leider hat sie keine Lust, mit den Frauen loszuziehen.

»Diese Rita hat behauptet, dass ich eine Versteckspielerin bin, und darauf ich: Aber gefunden hast du mich, und wieder sie: Ja, gefunden habe ich dich, aber bloß, weil ich gut gesucht habe, und womöglich suche ich dich ja kein zweites Mal.«

So erzählt sie es.

»Und? Bis du jemand, der sich gerne versteckt?«

»Kommt auf das Versteck an«, sagt sie.

Kleine Weinläden sind gute Verstecke, findet sie.

Aber leider.

Tags darauf gibt es überraschende Neuigkeiten; Karl und Karl sind es, die ihnen davon berichten; sie wollen gerade los, da stehen sie beide plötzlich vor dem Eingang zum Kaufhaus.

Anfangs fallen sie sich dauernd ins Wort, sodass man kaum versteht, was passiert ist: Offenbar ist jemand festgenommen worden – ein Junge, der mit seinem Fahrrad bei Rot über eine Ampel gefahren ist, was eine zufällig vorbeifahrende Streife beobachtet hat und ihn daraufhin ermahnte; der Junge sei plötzlich ganz außer sich gewesen, habe sich tausendmal entschuldigt und wie aus heiterem Himmel von einer schwerverletzten Frau gesprochen, weit weg in einem Park habe er sie liegen sehen, was die Beamten irgendwie seltsam fanden und ihn kurzerhand samt Fahrrad mitgenommen haben.

»Und?«

»Es war eindeutig Lilli, von der er gesprochen hat, er konnte sie gut beschreiben, aber der Junge aus dem Video ist er nicht. Bertram und die Delius haben ihn vor dem Kommissariat aufs Fahrrad gesetzt und zugesehen, wie er fährt; das Fahrrad ist blau, wenn auch nicht blassblau, aber er hat kein einziges Mal in die Hände geklatscht und saß beim Fahren auch nicht besonders aufrecht.«

Der Junge sei allerdings ein bisschen seltsam, sagen sie noch, sehr kooperativ, aber wirklich seltsam, er habe sich in wenigen Sätzen alles von der Seele geredet: Lilli sei wahrscheinlich noch am Leben gewesen, bloß geholfen habe er ihr nicht, er sei einfach weitergefahren.

»Weitergefahren«, sagt Lilli.

»Der Arme«, sagt sie, was die beiden Karls sofort bestätigen, denn ein Armer sei er.

Sie sind dabei gewesen, als Bertram und die Delius ihn oben, im Vernehmungszimmer, befragt haben, und er ist wirklich ein dummer kleiner Junge, keine zwanzig, wenn sie sich nicht irren, so mit verstrubbelten Haaren, dass man glaubt, er sei soeben aus dem Bett gefallen.

So zumindest beschreiben sie ihn, und dass er bei seiner Mutter lebe und in einer Werkstatt sein Geld verdiene; direkt verrückt sei er ihnen nicht vorgekommen, er habe bei der Geburt nicht genügend Sauerstoff bekommen, deshalb sei er immer viel draußen mit dem Fahrrad.

So zumindest habe er von sich berichtet.

Nach einiger Zeit sei die Mutter eingetroffen, um ihn abzuholen, und habe alles bestätigt und ihn einen ganz Lieben, Braven genannt, und darauf er: »Und wenn nicht? Vielleicht bin ich's ja gewesen. Ja, genau, ich war's, ich bin an allem schuld.«

»Aber das stimmt ja nicht«, protestiert Lilli, die ihn am liebsten auf der Stelle besuchen würde, auch einen Namen hat er: Ivo heißt er mit Namen.

Eine Adresse gibt es für den Augenblick nicht, bis morgen früh hoffen sie mehr zu wissen.

»Dann bis morgen. Danke, dass ihr so gut aufgepasst habt.«

☙

»Ich weiß gar nicht, was ich davon halten soll«, sagt Lilli, als sie wieder alleine sind, und auch er weiß es nicht recht; vielleicht hätte der komische Junge sie ja retten können, aber er ist einfach weitergefahren, und weil er einfach weitergefahren ist, hat er, Andrä, sie kennengelernt.

Ob Lilli auch diesen Gedanken hat?

Sie muss ein bisschen gehen, sagt sie und lässt nicht erkennen, welche Gedanken sie hat, nur unbedingt gehen will sie jetzt.

»Er ist der letzte Mensch, der mich lebend gesehen hat, gleich morgen früh will ich zu ihm«, sagt sie.

Ob er das komisch finde.

Nein, ganz verständlich findet er es, wenngleich er persönlich nicht neugierig sei.

Er ist es ein bisschen leid, stellt er fest – dieses ewige Stochern und Suchen, den ganzen Ermittlungskram, der mehr oder weniger Drecksarbeit ist und die Ordnung nicht wiederherstellt.

Das hat er sich früher eingeredet: Hat man den Täter gefasst und verurteilt, ist die Ordnung wiederhergestellt.

Aber das ist Blödsinn, eine Beruhigungspille für Leute, die es nicht besser wissen wollen, und das sind die meisten.

Lilli ist ganz still geworden; sie haben den Nachmittag irgendwie hinter sich gebracht, jetzt sind sie wieder oben in ihrem Kaufhausquartier, wo sie lange bloß sitzen und über den Jungen nachdenken, der ihr nicht geholfen hat.

Lilli hat vor allem Mitleid mit ihm, da er sie hat sehen müssen und ihren Anblick gewiss schrecklich gefunden hat, weshalb er in seiner Not einfach weitergefahren ist.

Sie selbst hat diesen Anblick nicht gar so schrecklich gefunden; es war schrecklich zu begreifen, dass sie selbst die Tote war, es befremdete sie, eine ziemlich lange Weile, bis sie nicht mal mehr befremdet war.

Was ihre letzten Sätze für heute sind.

Na gut, sagt er sich, dann ist das so, ein wenig unwillig, wenn er ehrlich ist, wenngleich er nicht so recht sagen kann, warum eigentlich, sich mit ihren Füßen beschäftigt, die sich ab und zu bewegen und dann irgendwann nicht mehr.

19
Böser, böser Junge

Drei Tage später bekommen sie ihn zu sehen; Karl und Karl haben Schwierigkeiten gehabt, die Adresse für sie herauszufinden, und als sie sie gehabt haben, sind sie trotz mehrerer Versuche nicht ins Haus gekommen, haben gewartet und geflucht und gehadert, und jetzt, am dritten Tag, haben sie Glück.

Mutter und Sohn sind beim Einkaufen gewesen, eben in diesem Moment erreichen sie das Haus – beide recht still und in sich gekehrt, der Sohn mehr als die Mutter, die sich wortreich bei ihm bedankt, dass er die Einkäufe so schön nach Hause getragen hat.

»Gern«, sagt er.

Darauf sie: »Du bist doch mein Ivo, ein guter Junge bist du, das weiß ich mit meinem ganzen Herzen.«

Und so bekommen sie ihn endlich zu Gesicht und folgen den beiden in die Wohnung, die im Erdgeschoss liegt, zweite Tür links.

Ivo, genau.

Die Vernehmung hat Spuren bei ihm hinterlassen, seine Hände zittern, er wackelt mit dem Kopf, wenn die Mutter ihn nicht im Blick hat, von der er die Schlupflider hat und den fein geschwungenen Mund.

Andrä scheint sich vor allem zu fragen, wie sie hier später wieder herauskommen, während sie nur staunt, wie klein und sauber es überall ist: zwei Zimmer mit Küche, Bad, um die Jahreszeit etwas dunkel, hübsch eingerichtet, einen Hauch studentisch, wie man meinen möchte, und tatsächlich gibt es jede Menge Regale mit Büchern.

Es ist lange nach elf, die beiden sind damit beschäftigt, die Einkäufe wegzuräumen, wobei Ivo neuerlich hilft und alles gut weiß und anschließend wartet, dass die Mutter ihn lobt und ihm mit sorgenvollem Blick über den Kopf streicht.

»Ach, Ivo, wo sind wir da bloß hineingeraten«, sagt sie, mehr zu sich als zu ihm, der freundlich dazu nickt und dann fragt, ob er in sein Zimmer darf.

»Ja, geh und ruh dich aus«, sagt die Mutter und dass sie ihn ruft, wenn das Mittagessen fertig ist.

Und so trottet der Junge in sein Zimmer, in dem gerade mal Platz für ein Bett ist und einen Schreibtisch und einen Schrank, so klein ist es; ein Fenster zum Hof gibt es, und durch dieses Fenster schaut er jetzt lange nach draußen, bevor er sich aufs Bett legt und seufzt.

Lilli ist vorsichtshalber im Türrahmen stehen geblieben und hat ihn sofort gern, mag sein verstrubbeltes helles Haar, seine Statur, den Blick, der auf abwesende Weise nachdenklich ist.

Er brabbelt etwas von der zurückliegenden Vernehmung und dass jetzt jemand in seinem Kopf ist, der da vorher nicht gewesen ist, der liebe Kommissar, wie er ihn nennt, der zum Glück nicht böse mit ihm gewesen ist, wenngleich er jeden Grund dazu gehabt hätte und mehrfach gefragt hat, ob er ein Böser gewesen ist dort im Park, wo die Frau lag, worauf er nur immer hat sagen können, ja, ein Böser war ich, weil ich ihr nicht geholfen habe und also ein ganz Böser bin.

»Böser, böser Ivo«, flüstert er und lächelt, als wäre es gewiss nicht wahr, weil er in Wahrheit ein guter Ivo ist – die Mutter hat es ihm gerade erst bestätigt.

Auch Lilli sagt es jetzt, tritt zu ihm ans Bett und sucht nach Worten, die ihm hoffentlich helfen.

»Ich bin die Frau, die du im Vorbeifahren gesehen hast; vielleicht bist du ja sogar bei mir gewesen, von deinem Fahrrad geklettert und zu mir hingegangen, worauf du dich wahrscheinlich furchtbar erschreckt hast.«

So redet sie zu ihm, während der Junge auf der schneeweißen Bettdecke liegt und brabbelt und lächelt und weint, sehr leise, wie der Wind.

Als die Mutter zum Mittagessen ruft, springt er sofort auf und zupft sich Jeans und T-Shirt zurecht, um für die Mutter aufs Neue der brave Ivo zu sein, der von selbst den Tisch deckt, Teller und Besteck und Gläser ordentlich auf den Tisch stellt und ihr sagt, was für einen Hunger er hat.

»Hunger ist gut«, sagt die Mutter, und dass er nach all der Aufregung tüchtig essen solle, dann sei er bald wieder bei Kräften.

»Ja«, sagt Ivo, der, anstatt zu essen, weiter vor sich hin brabbelt, zwischendurch aufsteht und sich neuerlich setzt.

Ob es ihm heute nicht schmeckt, will die Mutter wissen, und darauf er: dass er bloß noch schlafen will und überhaupt nichts anderes, nicht mehr diese Sachen denken, bloß schlafen.

»Welche Sachen denn? Hat dir jemand wehgetan bei der Polizei?«

Ivo schüttelt den Kopf, nein, niemand hat ihm wehgetan, er will nur einfach zurück ins Bett und dass die Mutter ihm beim Ausziehen hilft, das kann er heute nämlich nicht.

Die Mutter runzelt die Stirn, öffnet zum Lüften die Tür zu einer winzig kleinen Terrasse, aber dann bringt sie ihn in sein Zimmer, zieht ihm Hose und T-Shirt aus, deckt ihn zu.

»So, mein Junge«, sagt sie.

Der Junge hat die Bettdecke bis unters Kinn gezogen und möchte, dass sie jetzt geht und ihn schlafen lässt, was sie jedoch nicht tut und nicht ohne Erstaunen sieht, dass er tatsächlich auf der Stelle einschläft oder so tut, als schlafe er, weil sie ja doch nicht aus dem Zimmer will, bevor sie irgendwann aufsteht, für alle Fälle die Zimmertür angelehnt lässt und sich zurück in die Küche begibt, um ihr Essen fertig zu essen.

☙

Andrä findet, dass sie genug gesehen haben, aber Lilli möchte noch einen Moment alleine mit ihm sein.

»Ein paar Minuten.«

Was das bringen soll, fragt Andrä, und so wiederholt sie: »Ein paar klitzekleine Minuten.«

Und jetzt ist sie mit dem Jungen allein, der weiterhin schläft oder vor sich hin dämmert und vielleicht doch hört oder spricht, wenngleich es letztlich keine Rolle spielt.

»Nun hör mir gut zu«, beginnt sie und tritt ganz nah an ihn heran, beugt sich zu ihm hinab, um festzustellen, ob er wach ist, und tatsächlich ist er auf einmal wach und blickt sie mit großen, unverständigen Augen an.

»Vom Schlafen wird dein Kummer nicht weniger«, sagt sie ihm, dazu zwei, drei Sätze über das Leben, das sie jetzt hat und nicht unbedingt leicht ist, aber alles in allem erträglich.

»Mach dir keine Gedanken meinetwegen, ich bin nicht böse auf dich«, erklärt sie und wartet ein Weilchen, ob er reagiert, er schneller atmet, sich etwas bewegt an ihm, und wenn es bloß ein Blinzeln wäre, ein Seufzer.

Doch er schaut mit seinen großen braunen Augen immer weiter ins Leere.

Und so kann sie gehen.

Andrä hat auf der Terrasse gewartet, die Tür ist offen, weil die Mutter eine Zigarette rauchen muss, die milde Januarsonne genießt, falls sie das kann, und fast hat man ja den Eindruck.

Würde es ihre Ivo-Sorgen nicht geben, könnte man sie beinahe für jung halten: eine Mittvierzigerin, die wie eine Mittdreißigerin aussieht, weil alles zart an ihr ist, das geblümte Kleid, das sie trägt, ihr Blick, die Haut, das kurze kupferfarbene Haar.

»Danke, dass Sie uns hereingelassen haben«, sagt Lilli zu ihr, bevor sie mit Andrä über den Hinterhof Richtung Straße läuft, wo er sofort wissen will, wie sie sich jetzt fühle.

Aber, herrje, sie weiß nicht, wie sie sich fühlt; irgendwie blöd fühlt sie sich, denn was hat der Besuch nun letztlich erbracht, sie weiß selbst nicht, was ihr so wichtig daran gewesen ist.

»Ich bin so froh, dass er es nicht gewesen ist! Er hat mir nicht geholfen, aber gewesen ist es ein anderer.«

Sie macht sich Sorgen um den Jungen, es geht ihm nicht gut, das haben sie ja gesehen, obwohl er letztlich nur getan hat, was viele andere auch getan hätten.

»Das macht einem doch Angst, wenn man jemanden so da liegen sieht«, sagt sie, und dass es bestimmt nicht herzlos von ihm gewesen ist, selbst wenn er das jetzt von sich denkt.

⚛

Und damit scheint die Sache erledigt.

Andrä ist bei Gelegenheit eingefallen, dass er von früher einen weiteren Weinladen kennt, in dem es zwar kein braunes Sofa gibt, aber gut versteckt eine kleine Sitzgruppe mit Sessel, auf dem man es sich bequem machen kann, und genau das tun sie.

Und ach, es wird ein wundervolles Wochenende, mit weiteren Achs und vielen Seufzern und ein paar wenigen Tränen, weil es gar so innig und lehrreich ist, dass sie kaum merken, wie die Zeit vergeht.

Kaum haben sie angefangen, ist es bereits vorbei, oh weh.

Aber richtig, richtig lebendig fühlt sie sich danach – mit dem überraschenden Ergebnis, dass sie sich nach längerer Pause mit der kleinen Solveig trifft, die ihr lauter indiskrete Fragen stellt und irgendwann erzählt, dass sie jemanden kennengelernt hat; das meiste ist noch in der Schwebe, doch sie und dieser Jemand treffen sich, beinahe jeden Tag tun sie das, können miteinander reden, können miteinander schweigen, was ja vielleicht das Wichtigste ist.

»Er hat gesagt, dass er meine Füße mag; alles möge er an mir, aber das kann er nur behaupten, weil er auf einem Auge blind ist, und das macht mir manchmal Sorgen.«

Eine kleine Enttäuschung ist das erste Treffen mit den Frauen; sie hat sich endlich aufgerafft, ihrer Einladung zu folgen, doch die Begrüßung fällt erstaunlich kühl aus, offenbar hat sie sich zu lange geziert, niemand hört ihr richtig zu, die beleidigte Rita noch am ehesten.

Was ihr Kommissar macht, will sie wissen.

»Was er macht?«

Sie kann sich nicht erinnern, Rita Näheres von Andrä erzählt zu haben, trotzdem weiß sie, was er früher von Beruf war und dass er eine dieser Gruppen leitet, von denen sie nicht viel hält.

»Schau verdammt noch mal nach vorne, Mädchen«, sagt sie. »Unser zweites Leben dauert nicht ewig, also genieße es und lass die Vergangenheit Vergangenheit sein.«

Und nun müssen sie auch schon los.

Heute steht ein Besuch im Botanischen Garten auf dem Programm, vielleicht sei das für Lilli ja von Interesse, dabei sind Botanische Gärten so ziemlich das Letzte, wofür sie sich interessiert, aber jetzt hat sie sich extra herbemüht und so geht sie widerstrebend mit.

Und es gefällt ihr überraschend gut; es gibt heiße und weniger heiße Gewächshäuser, alle möglichen Orchideen, die Kakteen und Palmen und den Riesenbambus, dem man beim Wachsen beinahe zusehen kann; die fleischfressenden Pflanzen nicht zu vergessen.

Auf manches muss Rita sie erst hinweisen – den kleinen, unscheinbaren Kakaobaum, die hübschen Farne da und dort, dass es sage und schreibe hundertvierundzwanzig verschiedene Kaffeepflanzen gebe, was sie nur erwähne, weil sie früher eine begeisterte Kaffeetrinkerin gewesen sei.

»Und? Wie war's?«, will Andrä am Abend wissen.

»Eigentlich ganz nett.«

Andrä findet es gut, dass sie so unternehmungslustig ist, er selbst ist es in gewisser Weise, sitzt wieder öfter im Kommissariat, wo es zwei neue Fälle gibt, trifft sich mit Kollegen, die ebenfalls Gruppen leiten und wie er alle Hände zu tun haben.

Sie hat gar nicht gewusst, wie viele Arten von Gruppen es gibt: Tumor- und Coronagruppen, Demenzgruppen, Gruppen für Kinder und wütende alte Männer; die Suizidgruppen.

»Es gibt Hunderte davon«, erklärt er und erzählt ein bisschen – von Kollegen, die nicht mehr können und den Absprung nicht schaffen, und wieder anderen, die an sich zweifeln und ermutigt werden müssen, dass sie genau das Richtige tun.

»Und wozu muss man dich ermutigen?«

Das wisse er nicht genau, er sei gerade uneins mit sich.

Wie kann es sein, dass er uneins mit sich ist, fragt sie sich.

»Was ist los?«

Er ist einiges älter als sie, sagt sie sich, zweifelt mehr, ist ein Mann.

»Von mir aus kann alles so bleiben, wie es ist«, muss sie zum x-ten Mal wiederholen.

»Aber es bleibt nicht so.«

»Es kann immer noch besser werden«, behauptet sie und ist froh, dass er nicht widerspricht, sondern sie lange mustert und schließlich allen Ernstes sagt, dass er am liebsten mit ihr zusammenziehen würde, einen Ort haben, an dem sie so etwas wie zu Hause sind und für sich.

Und jetzt ist sie erst mal sprachlos.

»Das willst du?«

Genau das.

20
Home Sweet Home

Und so fangen sie an, eine neue Bleibe zu suchen, was eine schwierige Aufgabe ist, wie Andrä weiß, denn er hat es vor Jahren probiert und nie das Richtige gefunden, weil es einfach zu viele Faktoren gibt, die es zu berücksichtigen gilt: die Türfrage vor allem, dass man halbwegs zuverlässig rein- oder rauskann, es einen unbenutzten Raum gibt, der weder Küche noch Bad noch Keller ist, von irgendwelchen Wunsch-Extras ganz zu schweigen.

Lilli findet es am wichtigsten, dass ihr die Leute sympathisch sind, bloß wie um Himmels willen soll man das alles zusammenbringen?

»Ich freu mich so, dass du mich gefragt hast«, sagt sie, »aber, aber, aber.«

Man muss es einfach ausprobieren, meint er, Leuten folgen, vor Supermärkten herumlungern und in Autos springen – und dann hoffen.

»Ich hoffe, so viel ich kann«, sagt sie verzagt, während er sich wild entschlossen gibt.

Ein paar erste Tipps erweisen sich als Fehlschlag, doch damit hat er gerechnet; für Anfang Februar ist es außergewöhnlich sonnig, sodass es beinahe schon ein Spaß ist, täglich ein paar Stunden zu laufen, anfangs mehr in der Innenstadt, bevor sie sich langsam Richtung Rand bewegen, irgendwann die Idee haben, es mit Hundebesitzern zu versuchen, weil die zu festen Zeiten unterwegs sind und täglich mehrfach das Haus verlassen.

Und so lernen sie die verschiedensten Leute kennen, die lose miteinander verbunden sind, sich grüßen und über ihre Hunde austauschen, ihre Tugenden und Wehwehchen, ihre Verrücktheiten.

Bislang haben sie niemanden gefunden, dem sie hätten nach Hause folgen mögen, doch sie lernen, dass sie sich am besten in den Morgenstunden umsehen, weil da am meisten Betrieb ist und die Leute ihre wahren Gesichter zeigen, wie Lilli glaubt – mürrische, verschlafene, leuchtende, solche, die von allen möglichen Sorgen erzählen, und solche, denen Sorgen unbekannt sind.

Drei, vier Tage sind sie mit diesen Sondierungen beschäftigt; das eine oder andere Gesicht kennen sie bereits, andere haben sie sozusagen beiseitegelegt; eine hinkende Frau mit Pudel fällt ihnen angenehm auf, und so machen sie den Versuch, beobachten, welche Mühe sie beim Gehen hat, wie sie den linken Fuß hinter sich herzieht, was sie augenscheinlich seit Langem kennt.

Weit wird sie mit diesem Fuß nicht laufen, glauben sie, doch am Ende sind sie über eine halbe Stunde unterwegs; sie hören ihr zu, wie sie den Pudel ermahnt, wenn er an der Leine zieht, wie sie sich mehrmals ohne Anlass zu ihnen umdreht, als wäre da was, und schließlich vor einem Haus mit Garten stehen bleibt und nach ihrem Schlüssel sucht.

»Das ist es, wir haben es gefunden«, flüstert Lilli. »Das wird unser neues Zuhause.«

»Also mit rein, ja?«

»Ja, bitte, unbedingt.«

Inzwischen hat die Frau den Schlüssel gefunden, lässt den Pudel von der Leine, bevor sie ohne Eile zur Haustür hinkt und alle Beteiligten nach drinnen gehen.

Und es passt alles.

Die Frau setzt sich in der Küche sofort an einen großen Tisch und fährt den dort stehenden Laptop hoch, und so haben sie Zeit, sich in Ruhe umzusehen.

»Ach, wie schön«, sagt Lilli in allen möglichen Variationen; zu den abgezogenen Holzböden sagt sie es, den bunten Bildern an den Wänden, der grünen Sofaecke.

Alles wirkt altmodisch, es gibt jede Menge Licht wegen der vielen Fenster, die den Blick auf einen größeren Garten freigeben, der noch winterlich verschlafen ist; der Pudel hat sich in ein blaues Hundebett gelegt und kümmert sich nicht darum, dass da unerwartet Gäste sind, die ja alles ihm verdanken und nun wissen wollen, wie es oben unter dem Dach aussieht.

Aber jetzt klingelt erst mal das Telefon.

Die Frau ist sofort am Apparat, augenscheinlich erfreut, dass es genau dieser Anrufer ist, jemand, den sie gut kennt und der sich an einem anderen Ort befindet.

»Kommst du nächstes Wochenende?«, fragt die Frau und hört dem Anrufer länger zu, der aus irgendwelchen Gründen verhindert ist, denn jetzt huscht ein Schatten der Enttäuschung über das Gesicht der Frau, bevor sie sich in Sekundenschnelle entschließt, weiter erfreut zu sein, und auf Nachfrage erklärt, dass der Papa wohlauf sei und kein Anlass zur Sorge bestehe.

Offenbar sind sie in eine Familie geraten, es gibt einen Sohn oder eine Tochter, jedoch nicht hier, sondern in einer anderen Stadt; auch einen Mann gibt es, der wahrscheinlich der Vater der Tochter oder des Sohnes ist.

Was sich bei der Besichtigung des oberen Stockwerks bestätigt.

Die Zimmer sind nicht allzu groß, und es sind drei – eines für die Eltern, eines mit begehbaren Schränken und ein drittes für Gäste; das abwesende Kind hat sein Zimmer unter dem Dach, und unter dem Dach sind die letzten Zweifel beseitigt.

»Ja, ja, hier«, sagt Lilli und nimmt gleich Platz auf dem großen Bett mit der bunten Decke, die mehr nach Tochter als nach Sohn aussieht, wie sie glaubt, lädt ihn winkend ein, mit ihr zu liegen, rollt sich zusammen und flüstert, dass sie jetzt ein Zuhause haben.

Er nimmt sofort das Türproblem wahr, erwähnt es jedoch vorläufig nicht, um Lilli nicht die Freude zu verderben, die schon anfängt, Pläne für eine kleine Einweihungsfeier zu machen, weshalb er sie endlich doch mahnt; sie kennen die hiesigen Abläufe nicht, es kann ungeahnte Komplikationen geben, schließlich wollen sie nicht regelmäßig eingesperrt sein.

»Ich liebe es, mit dir eingesperrt zu sein«, sagt Lilli, und dass er endlich kommen solle, weil hier vorläufig sicher gar nichts passiere, und tatsächlich ist von unten kein Laut zu hören; die Frau scheint weiterhin an ihrem Laptop zu sitzen, vom Hund ist nichts zu hören, draußen von der Straße ab und zu ein Wagen, gelegentlich Stimmen.

Und also legt er sich zu ihr und fragt sich, ob er ein Leben mit fester Bleibe wirklich will, in diesem Haus mit Paar und Hund, das ihm plötzlich wie ein Gefängnis vorkommt oder an ein Gefängnis erinnert, früher, mit Christine.

Ganz am Anfang ist das gewesen, als sie unbedingt ein Haus haben wollte und sie monatelang suchten und durch falsche Gärten und Zimmer spazierten, selten miteinander sprachen und sich im Grunde belogen: Denn er brauchte kein Haus, um mit ihr zu leben, während sie ein Haus zu brauchen glaubte, aber nicht unbedingt ihn.

So erinnert er sich daran und kann Lilli gestehen, dass er nie wieder in einem Gefängnis leben möchte, wozu sie recht trocken bemerkt, dass er sich das hätte früher überlegen müssen, und ihn stürmisch umarmt und ihm verspricht, dass er bei ihr jederzeit ausbrechen darf, nur bitte nicht gerade jetzt.

Erst um die Mittagszeit sind von unten wieder Geräusche zu hören, was ihnen ungelegen kommt, sie jedoch dazu bringt, ins Erdgeschoss zu gehen; die Frau hat ihre Arbeit beendet und macht sich eine Kleinigkeit zu essen, wärmt eine Suppe in der Mikrowelle auf und isst ein paar Löffel, gibt dem Hund das Zeichen, dass es demnächst nach draußen geht, wo es für die Tageszeit erstaunlich dunkel ist und aus tief stehenden Wolken ansatzweise schneit.

Und so folgen sie den beiden nach draußen.

Es scheint recht kalt zu sein, denn die Frau trägt einen dicken grünen Mantel, außerdem ist sie offenbar unzufrieden, denn sie ballt ab und zu die Faust, ärgert sich über den Hund, der nicht an ihrer Seite bleiben will und trotzdem nicht der Grund für ihren Ärger zu sein scheint.

Wegen des trüben Nieselwetters sind kaum Leute unterwegs, einmal wird sie von jemandem gegrüßt, worauf sie nicht reagiert und sich bald auf den Rückweg macht, dem Hund zu trinken gibt, sich zurück an ihren Laptop setzt.

»Was ist mit ihr?«, fragt Lilli, doch sie finden es nicht heraus, steigen nach oben ins Dachgeschoss und am Abend wieder nach unten, als der Mann nach Hause zurückkehrt, die Frau zur Begrüßung küsst und dann tröstet, weil sie mit einer Schreibarbeit nicht fertig geworden ist, obwohl sie das Schreiben liebt und sich trotzdem auf den Mond schießen möchte und den verfluchten Text am besten gleich mit.

Aber nun lacht sie schon darüber und sie essen zusammen, und draußen ist es längst dunkel und er muss ein letztes Mal mit dem Hund raus.

»Und was jetzt?«, fragt Lilli.

»Jetzt schauen wir uns die beiden noch ein bisschen an und gehen dann nach oben in unser hübsches kleines Gefängnis.«

Lilli ist ganz entzückt, als er das sagt, auch sie möchte sich die beiden näher ansehen; der Mann ist mit dem Hund kaum draußen, da ist er schon zurück, und nun schaltet das Ehepaar den Fernseher ein, wo ein Rest Abendnachrichten läuft und im Anschluss ein Film mit mehreren Kommissaren und Toten, die schnell weggeschafft werden, was Lilli nicht mag, obwohl es lediglich gespielte Tote sind, und ebendas findet sie empörend.

»Eigentlich machen sie sich lustig über uns«, sagt sie und sieht sich den Film tapfer bis zum Ende an; der Mann ist beim dritten Toten eingeschlafen, auch die Frau reibt sich die Augen, und dann wird der Mann von ihr geweckt und sie begeben sich nach oben in ihr Schlafzimmer, ohne ein Wort über das Gesehene zu verlieren.

»Und jetzt wir«, sagt er.

Es ist ihre erste Nacht zu Hause, wie Lilli es beharrlich nennt, sie ist dankbar und zufrieden, aufgeregt wegen des Films, bis sie sich nach und nach beruhigt und Pläne für die bevorstehende Einweihungsfeier macht, die es selbstverständlich geben muss, irgendwann in den nächsten Tagen, wenn sie ganz sicher sind, dass alles so klappt wie heute.

⚘

Würde es nach ihm gehen, müsste es diese Feier nicht geben, und am Ende wird es auch keine richtige Feier, wenngleich zahlreiche Gäste anwesend sind, die beiden Karls, damit sie wissen, wo er zukünftig zu finden ist, Solveig und Mila und Khalid aus der Gruppe sowie sieben, acht Frauen, mit denen Lilli gelegentlich unterwegs ist, darunter diese Rita, die sie schon mehrfach erwähnt hat.

Für ein Uhr mittags hat Lilli sie bestellt; die Frau verlässt wegen des Hundes wie immer pünktlich das Haus, deshalb können alle problemlos rein, wo Lilli eine kleine Führung macht, auf den Küchentisch mit dem Laptop zeigt, die Sofaecke mit dem Fernseher, sie anschließend nach oben führt und dann noch einmal weiter nach oben, wo ihr neues Zuhause ist.

Bislang haben die Gäste lediglich artig genickt, aber jetzt gibt es viel Lob, für den schrägen Blick aus dem Fenster, die hübsche bunte Decke, das ach so breite Bett.

Nur diese Rita muss natürlich die Nase rümpfen, weil sie von unten bis oben alles klein und spießig findet, was sie so nicht ausspricht, jedoch meint und sich anschließend unschuldig erkundigt, welche Fortschritte es in Lillis Fall gibt.

»Aber wahrscheinlich hast du gar keinen Kopf dafür, du bist ja mit Nestbau beschäftigt.«

Es klingt sehr hässlich, wie sie das sagt, aber zum Glück will sie dafür nicht länger bleiben und verschwindet nach unten.

»Sie ist bloß neidisch«, glauben ihre Begleiterinnen, deren eine steinalt ist und deren andere eine hohe, piepsige Stimme hat, worauf sie sich herzlich bedanken und ebenfalls nach unten verschwinden; Karl und Karl verabschieden sich, und kurz darauf hört man den Hund, der sich auf den Abendspaziergang freut, und einzig Mila und Solveig sind geblieben.

»Das habt ihr gut gemacht«, sagt Mila zum zweiten oder dritten Mal, ein wenig unschlüssig, weil sie nicht unhöflich sein will und dennoch am liebsten zu der Frau ginge, die unten den Fernseher eingeschaltet hat, um sich den nächsten Film mit Toten anzuschauen.

»Na gut, dann geh, wenn dir so sehr danach ist«, sagt Solveig und berichtet anschließend, dass sie aufgehört hat, sich mit dem Jungen zu treffen, weil er dauernd lügt, sich Geschichten ausdenkt, von denen wahrscheinlich keine einzige stimmt – dass er sehr krank war, dass er im Meer ertrunken ist, ein Lastwagen ihn überfahren hat.

»Ich habe ihn gefragt, warum er das macht, das bringt doch nichts, ich mag deine Märchen nicht, und dann hat er es ein paar Tage gelassen, wenn auch bloß, um die nächste Geschichte zu erfinden, allerdings habe ich ihm da schon nicht mehr zugehört.«

Das ist, was sie zu erzählen hat.

»Ja, schade«, sagt Lilli, worauf das Mädchen fragt, ob es über Nacht bleiben kann.

»Ich mache mich ganz klein und störe euch bestimmt gar nicht«, erklärt es, weshalb Lilli versucht ist, ihm nachzugeben, und dann doch sagt: »Ein andermal.«

Zu ihnen aufs Bett darf es sich eine Weile legen, womit es sichtlich zufrieden ist und wohlig seufzt.

Von unten sind verschiedene Stimmen aus dem Fernseher zu hören, zwischendurch fällt ein Schuss, es gibt großes Geschrei, bevor es wieder fast still ist und rauschender Verkehr im Regen zu hören ist.

»Ich muss los«, sagt Solveig irgendwann.

Von draußen kommt der letzte Rest Licht, der Abendspaziergang naht, und das Mädchen hat ein gutes Zeitgefühl, denn kaum ist es nach unten gegangen, bellt der Hund, weil er endlich nach draußen darf, und sie sind allein.

Groß reden will Lilly fürs Erste nicht.

»Alles in Ordnung?«

»Ja, ja«, sagt sie.

»Ich habe noch immer nicht begriffen, warum. Warum schauen sich Leute das an?«

Die Filme mit den Toten meint sie.

»Es beruhigt sie«, versucht er es. »Um die Toten geht es gar nicht.«

»Manchmal möchte ich schreien«, sagt sie. »Bloß schreien, schreien, schreien.«

Ja, manchmal möchte man das.

21
Dummerjan

Und so vergehen die ersten Februartage. Das Wetter ist nicht berauschend, sie verlässt kaum noch das Zimmer, in dem sie jeden Winkel kennt, im Regal jedes einzelne Buch, die medizinische Fachliteratur, eine Handvoll zerlesene Romane, die ihr nichts sagen.

Sie versucht, sich zu erinnern, ob sie früher gelesen hat, bloß mit diesem Früher ist es anhaltend schwierig, es besteht vor allem aus Lücken, die sich nicht füllen, ihre Jahre als Mädchen, als junge Frau; ans Reisen erinnert sie sich, irgendwelche Schnipsel: ein Hotelzimmer mit wer weiß wem, eine Matratze, auf der sie gelegen und gewartet hat, in einem windigen Zelt neben einem Mann, der sie nicht wollte.

Dass man immer gewollt werden will, gehört, gesehen.

Andrä hat das bei Gelegenheit gesagt, der ja gerne derartige Bemerkungen macht und weiterhin aufmerksam ist, Zeit für sie hat, mit ihr spazieren geht, mit ihr schweigt, ihrer nicht müde wird.

Manchmal, wenn sie sich nahegekommen sind, fühlt sie sich sehr jung, ohne das unbedingte Bedürfnis, es zu bleiben, als wäre sie erstmals richtig satt, weniger quengelig, denn so ein quengeliges Wesen, glaubt sie, ist sie früher gewesen.

»Das hat *du* gemacht«, behauptet sie, nicht zum ersten Mal, wie sie weiß, obwohl es ja egal ist, was man selbst oder der andere macht, Hauptsache, es hört so bald nicht auf.

An die missglückte Wohnungseinweihung hat sie kaum je wieder gedacht, auch an Ivo nur gelegentlich, der sich zwischenzeitlich hoffentlich erholt hat, nicht mehr grämt, nicht mehr beschuldigt.

Eines Tages gibt es Neuigkeiten von ihm.

»Du setzt dich am besten hin«, sagt Andrä, und also setzt sie sich, hört ihm zu; sie kann verstehen, was Andrä sagt, er sagt Worte, von denen sie jedes einzelne kennt, jedoch ihren Sinn nicht erfasst: Der Junge hat sich ohne erkennbaren Anlass das Leben genommen, zu Hause bei seiner Mutter; an einem Heizkörper erhängt hat er sich, irgendwann nachts oder am frühen Morgen.

»Nein«, kann sie nur sagen.

»Aber warum? Ich habe ihm doch gesagt, dass ich nicht böse bin. Warum macht er so was bloß?«

Andrä, der zufällig im Kommissariat war, ist mit Bertram und der Delius gleich hingefahren, und es ist nur schrecklich gewesen; alle waren ganz stumm und still, auch die Mutter, die im Morgenmantel die Hände rang und rein gar nichts begreifen wollte.

»Warum habe ich es nicht gemerkt? Eine Mutter muss das doch merken, wenn ihr Kind sich solche Sachen ausdenkt, aber er war wie immer, hat nach der Arbeit seine Fahrradtour gemacht, hat gegessen, hat mich geküsst und mir eine gute Nacht gewünscht.«

In allen möglichen Variationen.

Nie, nie wieder wird sie lachen können, nie, nie wieder wird sie seine Stimme hören, dabei hört sie sie ja ununterbrochen, drinnen in ihrem Kopf hört sie sie: dass er sie liebt und an sie denkt, obwohl er doch tot ist und Tote bestimmt nicht denken.

Das alles hat sie in ihrer Verzweiflung gesagt.

Bertram und die Delius haben sie unter Mühen dazu bringen können, in die Küche zu gehen, damit das Team endlich in Ruhe arbeiten kann, doch die Mutter wollte nicht in der Küche sein, sie wollte überhaupt nicht mehr sein.

»Es war zum Heulen«, sagt Andrä. »Was soll ich jetzt machen, hat sie wieder und wieder gerufen und Bertram und der Delius schwere Vorwürfe gemacht; hätten sie ihren armen Ivo nicht stundenlang festgehalten, wäre er gewiss noch am Leben, denn so sei ihr armer Ivo gewesen, er habe sich immer alles sehr zu Herzen genommen.«

»Aber warum?«, muss sie noch einmal fragen.

»Ja, warum; es ist eine Tragödie.«

Bertram hat der Mutter mit großer Geduld erklärt, wie die Befragung in etwa abgelaufen ist, während sich nebenan die Spurensicherung über ihren toten Jungen gebeugt und ihn anschließend in einen Plastiksack gelegt hat – das Geräusch des Reißverschlusses hat er noch im Ohr.

»Er hat der Frau nichts getan«, habe die Mutter wieder und wieder beteuert, und dann hat man ihren Ivo aus der Wohnung getragen, und eine Psychologin ist bei ihr geblieben, damit sie nicht auch noch auf dumme Gedanken kommt.

Andrä wirkt mitgenommen, als er das zu Ende erzählt hat, rätselt über Ivos Motive, zu denen alles Mögliche gehören kann, eine unglückliche Liebe, Ärger bei der Arbeit, das

Unglück mit seinem Kopf, das er ja seit frühester Kindheit gekannt hat.

»Lass uns zu ihr fahren; ich will wissen, was mit ihr ist«, sagt sie.

Andrä ist nicht begeistert von dieser Idee, stimmt jedoch zu und fährt mit ihr zu Ivos Mutter, die auf der Terrasse sitzt und ganz grau ist und sonst gar nichts macht, nicht mal raucht.

Sie werfen einen Blick in Ivos Zimmer, wo alles wieder sauber und aufgeräumt ist, bereit für seine Rückkehr, wie sie unweigerlich denken muss und geradezu hofft, weil er es zu Hause bei der Mutter bestimmt besser als irgendwo da draußen hat.

Andrä ist es unangenehm, die Frau in ihrem Kummer zu sehen, während sie selbst nur Mitleid mit ihr hat.

Hat sie denn niemanden, der sich um sie kümmert und sie davon abbringt, dauernd an ihren toten Ivo zu denken, den ihr fremde Leute weggetragen haben, als hätte sie kein Recht mehr an ihm?

»Wenn ich sie nur trösten könnte!«, sagt sie, in dem Wissen, dass es keinen Trost gibt, wenngleich sie es immerhin versucht und sich und Andrä vorstellt, weil sie ihren Ivo ja gekannt haben und ebenfalls traurig sind.

»Es tut uns so leid«, sagt sie; auch Andrä sagt es und dass sie nichts für sie tun können.

»Ja, gut«, gibt sie bekümmert zu und fasst die Frau im Vorbeigehen kurz an, streicht ihr über die Wange, streicht ihr übers Haar und verabschiedet sich von ihr.

»Versucht habe ich es wenigstens«, sagt sie trotzig, als sie auf der Straße stehen.

»Wo ist der dumme Junge bloß?«

Ja, wo.

Die Stadt ist ziemlich groß, man kann sich leicht verlaufen, aber ebenso finden, wie ihr eigenes Beispiel zeigt, vielleicht treffen sie ihn ja bei Gelegenheit, oder er sucht sie, weil er Hilfe braucht.

»Sollte er auftauchen, kümmern wir uns selbstverständlich um ihn«, erklärt Andrä, und dass so gut wie alle eines Tages auftauchten, manchmal erst nach Monaten, Jahren, es gebe keine Regel dafür.

»Allerdings wäre er bei mir nicht richtig«, fügt er hinzu.

Zum Glück kennt er jemanden, bei dem er bestimmt richtig wäre, eine alte Freundin, wie sich herausstellt, die weit draußen neben einem Friedhof zwei Gruppen leitet und selbst eine dieser traurigen Geschichten hat.

Gritt.

Sie hat sich vor Jahren finden lassen, vor der Stadt im Wald, an einem bitterkalten Wintertag.

»Finden lassen«, sagt sie.

Sie mag ja diese Wegwerferei nicht, wozu Andrä nur sagt, dass man das so sehen könne, die Leute jedoch trotzdem Hilfe brauchten, und bei dieser Gritt könnten sie welche bekommen.

»Aber dazu muss Ivo erst mal auftauchen.«

»Genau. Und das dauert erfahrungsgemäß.«

Du musst Geduld haben, wird er jetzt gleich sagen, glaubt sie, aber er bekräftigt nur, dass er kommen wird; eines Tages kommt er schon.

⚬

Trotzdem lässt ihr die Sache keine Ruhe. Die ganzen nächsten Tage hält sie Ausschau nach ihm, meint, ihn mehrfach entdeckt zu haben, obwohl er es dann natürlich nicht ist und sie ihn immer heftiger vermisst, was sie irgendwann komisch findet, da sie ihre Familie ja vergleichsweise fast überhaupt nicht vermisst.

»Dann ist das eben so«, sagt Andrä.

»Ja, nur richtig ist es auch nicht.«

Vor allem den Eltern gegenüber hat sie ein schlechtes Gewissen; sie hat gar nicht mehr nachgesehen, in welchem Zustand sie sind, nicht mal groß gedacht an sie, die ihr viel näherstehen müssten als dieser Ivo, der ja immerhin eine Wahl hatte, während ihre Eltern bestimmt keine hatten.

Und also macht sie sich eines Vormittags auf den Weg, weil das ungefähr die Zeit ist, in der sie zuletzt das Grab besucht haben, und tatsächlich kann sie es jetzt kaum erwarten, sie wiederzusehen; sie hat vergessen, in welchen Bus sie steigen muss, erwischt jedoch intuitiv den richtigen und erkennt schon von Weitem, dass sie da sind und frische Blumen gebracht haben und wie üblich zupfen.

»Wie schön, dass ich euch wiedersehe«, beginnt sie, und dass sie sehr traurig sei wegen eines Jungen und sie beide schrecklich vermisse.

Und für den Moment ist es fast wahr.

Auch die Schwester besucht sie, die heulend in der Küche sitzt, während ihr Mann hauptsächlich in seiner Klinik zu leben scheint und Edgar offenbar überhaupt weggezogen ist, jedenfalls steht sein Name nicht mehr auf dem Klingelschild, was natürlich nicht ausschließt, dass er weiterhin in der Stadt ist.

Sie hat ein wenig das Zeitgefühl verloren; die Tage kommen und gehen, der Junge ist immer noch nicht aufgetaucht, dafür machen sie eines Abends Bekanntschaft mit der Tochter des Hauses.

Ihre Gastgeber sitzen schon vor dem Fernseher, der Hund ist soeben zum letzten Mal draußen gewesen, und da taucht sie auf: eine junge Frau mit Pferdeschwanz, Anfang zwanzig, ziemlich groß und schlank, die einen kleinen Rucksack achtlos aufs Bett legt und sich umsieht, als wäre sie ewig nicht hier gewesen.

»Ja, Scheiße«, flüstert sie. »So eine verdammte Scheiße.«

Mehr verärgert als bekümmert sagt sie das, obwohl sie auch bekümmert wirkt und lange reglos auf der Bettkante sitzt.

Ein paar Minuten später erscheint die Mutter; man hört, wie sie sich mühsam die Treppe hochschleppt und kurz darauf in der Tür steht und der Tochter mitteilt, dass es gleich Essen gibt.

»Alles okay so weit, Fanny?«

Und so erfahren sie, dass sie es mit einer Fanny zu tun haben, die zumindest nicht *ganz* in Ordnung ist und offenbar mit einem Misserfolg kämpft.

»Ich mag ja Tote«, sagt sie. »Sie riechen nicht gut, trotzdem mag ich sie, sie haben viel zu sagen, deshalb ärgert es mich ja so.«

»Dann klappt es eben im nächsten Semester«, sagt die Mutter und will wissen, ob sie mit zum Essen kommt, und ja, sie kommt.

Bald darauf hört man klapperndes Besteck und Geschirr, es wird mehrfach gelacht, bevor recht lange nur die Stimme von Fanny zu hören ist und anschließend kürzer die des Vaters.

Beinahe hat Lilli ja Lust, sich zu ihnen zu gesellen, aber dann beschließen sie, abzuwarten, setzen sich in einer Zimmerecke auf den Boden und warten, lauschen; irgendwann geht die Haustür, keine Minute später wird der Fernsehapparat eingeschaltet, und Fanny taucht nicht wieder auf; wahrscheinlich ist sie Freunde besuchen gegangen, ihr Rucksack ist da, also ist es bloß eine Frage der Zeit, selbst wenn sie bei den Freunden übernachtet, sie kommt schon wieder, und dann wird man sehen.

22

Vom Hören

Fanny taucht erst am nächsten Tag wieder auf, pünktlich zum Mittagessen, wie man hören kann, und dann holt sie schnell ihren Rucksack und fährt zurück in die Stadt, in der sie, so wie es aussieht, Medizin studiert.

Auch das darauffolgende Wochenende ist sie zu Besuch, wobei es zu einem unangenehmen Zwischenfall kommt, weil Fanny ihre Stimmen hört.

Lilli und er haben sich gerade erst nach oben begeben, und plötzlich steht sie in der Tür.

»Ihr seid zwei, das weiß ich genau, ein Mann und eine Frau, denn ich habe euch gehört«, sagt Fanny.

Und weil sie völlig überrumpelt sind, bestätigen sie es, stellen sich notgedrungen vor, entschuldigen sich, dass sie sich, ohne zu fragen, bei ihr einquartiert haben, und bitten nachträglich herzlich um Erlaubnis.

»Ihr seid Gespenster, nicht wahr?«, sagt sie dazu. »Leute, die tot sind und zugleich nicht. Ungefähr so?«

Ja, genau.

Und so lernen sie Fanny kennen.

Es stellt sich heraus, dass Fanny nicht gerne bei ihren Eltern ist und deshalb in einer anderen Stadt studiert, Medizin, erstes Semester, was sie in Teilen schon wissen und nun selbst Auskunft geben müssen – wie sie sich gefunden haben, ob es leicht ist, sich zu finden, sie selbst findet es nämlich schwer.

»Du bist jung«, sagt Andrä, »während wir beide nicht mehr gar so jung sind«, worüber Fanny länger nachdenkt und freundlich den Kopf über sie beide schüttelt.

»Aber später will ich in mein Bett, oder ihr legt euch ganz außen an den Rand, weil Angst habe ich vor euch keine.«

So sagt sie es; muss jetzt leider los, eine Freundin beim Kauf eines Hochzeitskleids beraten, allzu spät dürfte es jedoch nicht werden.

Andrä ist alles andere als begeistert, dass Fanny sie gehört hat; er mag diese Kontakte nicht, hat schlechte Erfahrungen damit gemacht; mag auch nicht, dass Lilli es regelmäßig versucht, mit Ivo und der Mutter, ihrem Neffen.

Erst spätabends kehrt Fanny zurück; sie haben schon auf sie gewartet, sagen, dass sie da sind; ein-, zwei-, dreimal sagen sie das, aber Fanny reagiert nicht, sie hört nicht mehr, hat für einen Moment gehört, und nun sind die Dinge wieder so, wie sie seiner Meinung nach sein sollen.

Lilli versteht nicht.

»Welche Erfahrungen meinst du? Mit deiner Frau?«

In den ersten Wochen, ja, als er sie noch besuchte und wissen wollte, in welchem Zustand sie war, und sie war in einem schrecklichen Zustand, deshalb hörte sie ihn; er saß ganz still am Küchentisch, trotzdem hörte sie ihn und sagte gleich, dass es so war, dass er bitte mit ihr reden solle, wenn wir miteinander reden, sind wir doch weiter zusammen.

»Bist du nun da oder nicht?«, fragte sie.

»Ja, ich bin da.«

»Dann ist es ja gut.«

Mehr sagte sie gar nicht, stellte keine Frage, sondern trank in aller Ruhe ihren Tee, lächelte, schlug sich mit der flachen Hand ins Gesicht, als müsste sie sich wecken, wozu sie weiter lächelte, so auf eine Art, dass er begriff, was er ihr angetan hatte.

Sie hörte ihn nie wieder. Brauchte ewig, bis sie sich erholte, den irren Blick verlor, das Lächeln, das keines war, was er sich alles lange nicht verzieh.

»Aber du warst ganz ahnungslos«, sagt Lilli, und dass die Sache mit Fanny wohl anders gelagert sei, schließlich bestehe nicht die geringste Verbindung.

Sonst gibt es nicht viel Neues, schon gar nicht in Lillis Fall; Bertram, den er in großen Abständen besucht, scheint ihn endgültig zu den Akten gelegt zu haben, es ist seine erste große Niederlage, die man ihm deutlich anmerkt; auch mit seiner Ehe steht es offenbar nicht zum Besten, wie einmal aus einem Telefongespräch hervorgeht, in dessen Verlauf seine Oda ununterbrochen spricht und er gelegentlich brummt und schließlich auflegt und flüstert: »Du kannst mich mal.«

Sonst ist, wie gesagt, nicht viel.

In der Gruppe übernimmt jetzt öfter Lilli die Moderation; es gibt mehrere Neuzugänge, denen sich die altbekannten Fragen stellen: wie man herausfindet, wer man gewesen ist, wann man aufhören sollte, seine Angehörigen zu besuchen, wie man sich beschäftigt.

Die Treffen finden weiterhin am See statt, allerdings hat es in letzter Zeit vermehrt Störungen gegeben, sodass sie überlegen, einen anderen Ort zu suchen. Es wird langsam Frühling, das Café drüben, am anderen Ufer, hat Stühle und Tische nach draußen gestellt, und in diesem Moment entdeckt er Ivo, der keine zehn Meter entfernt am Ufer steht und augenscheinlich wartet.

Auch Lilli hat ihn bemerkt, sie winkt ihm kurz zu, als wolle sie sagen, dass sie gleich fertig sind, und tatsächlich wartet er geduldig, bis sich alle nacheinander erheben und aus den Booten klettern.

Als sie weg sind, kommt er näher.

»Jemand hat mir erzählt, dass Sie der Kommissar sind und die Frau aus dem Park bei Ihnen ist«, sagt er höflich und schaut sie beide abwechselnd an.

»Sind Sie die Frau aus dem Park? Ich erinnere mich nicht genau.«

»Ja, ich bin's«, sagt Lilli. »Und das ist Andrä, der seit Ewigkeiten kein Kommissar mehr ist und mich damals gefunden hat.«

»Und ich bin Lilli«, sagt Lilli; ob er denn wisse, was ihm passiert ist.

»Ich weiß gar nichts.«

»Ja, das kenne ich«, sagt sie. »Du hast eine Mutter, die unendlich traurig ist, sie haben wir ebenfalls besucht, dich und sie.«

Worauf er neuerlich betont, dass er davon nichts weiß und nur hier ist, um sich bei ihr zu entschuldigen.

»Ich habe dich gesehen dort im Park und mich nicht gekümmert, doch das ist, weil ich einen dummen Kopf habe, der auf mich nicht hört und lauter Sachen anstellt, auf die ich von alleine nie käme.«

Sie versuchen, vorsichtig anzudeuten, was mit ihm geschehen ist – die Sache mit dem Video und dem Fahrrad, Ivos vorübergehende Festnahme, dass er sich etwas angetan hat.

Doch er versteht nicht.

»Du brauchst Hilfe«, sagt Andrä.

»Aber welche Hilfe denn?«, erwidert er und wird auf einmal unruhig, er habe da nämlich eine Verabredung und sei spät dran, was er gewiss bloß so sagt, ein bisschen schnieft, bevor er neuerlich lacht und erzählt, dass er von morgens bis abends Fahrrad fährt.

»Ich muss wirklich los.«

»Warte«, versucht es Lilli, doch da ist er schon losgelaufen und in Kürze überhaupt verschwunden.

Zwei Tage später trifft Lilli ihn am Marktplatz wieder, wo er sich ein weiteres Mal entschuldigt und einen beinahe fröhlichen Eindruck macht.

»Mir geht es gut, ich habe viele neue Freunde, also geht es mir doch gut.«

Er macht ganz viel mit seinen neuen Freunden, erzählt er, so er nicht auf irgendeinem Gepäckträger sitzt und sich durch die Stadt kutschieren lässt, Wetter egal, Hauptsache, er sitzt auf einem Fahrrad.

»Huiiih, der Wind, da ist was los.«

Auch ein Mädchen will er kennengelernt haben.

»Huiiih, da ist was los.«

So erzählt Lilli es, merklich in Sorge, weil manches offensichtlich erfunden ist, die Geschichte mit dem Mädchen, das jedes Mal andere Schuhe trägt und schöne, feste Waden hat.

»Sie hat so viele Schuhe, dass man sie nicht zählen kann, so viele wie eine Königin.«

Lilli hat ihn in letzter Minute in ihr Zuhause eingeladen, bevor er wieder das Weite gesucht hat und sie anschließend kaum sagen konnte, ob er sie gehört hat.

Aber ja, hat er – zwei Tage später um die Mittagszeit, während sie auf die Frau warten, kommt er sie besuchen.

Und kann nur staunen.

»So ein Zuhause hätte ich auch gerne«, sagt er und schaut sich genau an, was da so ist, in der Küche das Messerbord, die Kaffeemaschine, den Laptop der Frau, die ihn soeben hochgefahren hat, den Hund, der zweimal knurrt, als er ihm zu nahe kommt, die grünen Sofakissen.

Oben, im Zimmer, muss er anfangs viel hüpfen und aus dem Dachfenster winken, bevor er sich aufs Bett setzt und ein bisschen von sich erzählt, ein weiteres Mädchen erwähnt, die Mutter, die stumm am Tisch sitzt und keine Sekunde weint, wie er sagt, was ihn offenbar überrascht.

»Du weißt, wer deine Mutter ist?«, wundert sich Lilly, die ja ganz andere Erfahrungen mit dem Erinnern gemacht hat, worauf er zurückgibt, dass man doch weiß, wer seine Mutter ist.

Man merkt, wie sehr sich Lilli über den Besuch des Jungen freut, ihn mehrfach anfassen muss, ihm über den Kopf streicht, als er irgendwann erklärt, dass er damals, bei ihrem Besuch, genau gehört hat, was sie gesagt hat, gestern Abend sei es ihm wieder eingefallen, und er danke ihr dafür.

Lange sitzen kann und will er nun nicht mehr, möchte wissen, ob sie ein Liebespaar sind und was genau sie machen, wenn sie hier oben liegen, um von einer Sekunde auf die andere zu erklären, dass er jetzt Fahrrad fahren muss.

»Aber du kannst jetzt nicht raus, gegen Abend wieder«,

sagt Lilli, bloß da ist er schon aufgesprungen und aus dem Zimmer gestürmt.

»Sicher ist er gleich zurück«, glaubt sie.

Und als das nicht der Fall ist: »Ich schau mal, wo er bleibt.«

Und kommt ziemlich lange nicht wieder.

Aber egal, es stört ihn nicht, da er damit beschäftigt ist, sich Gedanken über Ivo zu machen, seinen Zustand: dass er dauernd Fahrrad fährt, irgendwie zappelig ist, nicht bei sich, obwohl er so tut, als wäre ihm alles recht.

Hat er überhaupt schon begriffen, was mit ihm ist?

Er setzt sich bei allen möglichen Leuten auf den Gepäckträger und hat nur Fahrräder im Kopf; hat einen Blick dafür, wie die Leute fahren, welche Gesichter sie dazu machen.

Und auf einmal hat er es.

Auch der Täter ist bekanntlich Fahrradfahrer, vielleicht kann Ivo ihn ja finden, mit ein bisschen Glück, warum nicht.

So jedenfalls seine Überlegung.

Und dann ist Lilli endlich zurück.

Sie hat den Jungen in letzter Sekunde erwischt, bevor er aus der Tür war, die zufällig offen gewesen ist, und jetzt hört sie genau zu, was er ihr mitzuteilen hat, seinen Plan, der mehr eine Überlegung ist, eine aberwitzige Hoffnung.

»Ja, meinst du?«

Sie klingt skeptisch; die Stadt ist voll mit Fahrrädern, blassblau oder nicht.

»Er hat gesagt, dass er Freunde hat.«

»Und woher will er die von heute auf morgen haben?«

Ja, woher.

Er glaubt trotzdem an den Jungen – Ivo ist ein Freak, was Fahrräder betrifft, außerdem hat er allen Grund, sich für Lilli anzustrengen und die Augen offen zu halten, man muss es ihm bloß bei Gelegenheit erklären, dann macht er das schon für sie.

»Ich erkenne dich nicht wieder«, sagt Lilli, weiterhin skeptisch, aber wie auch nicht.

Wie auch nicht.

23

Von Ivo keine Spur

Aber leider lässt sich Ivo nicht mehr blicken, weder in der Nähe ihres Zuhauses noch am See bei den Booten, was Andrä zunehmend nervös macht: Nach Monaten haben sie endlich eine Perspektive, und nun wird nichts draus, weil der dumme Junge wie vom Erdboden verschluckt ist.

Sie findet es süß, dass er sich so bemüht, mehr seinet- als ihretwegen, wie sie glaubt; plötzlich ist er wieder der, der er vor Zeiten gewesen ist, der Chef, jemand, der es wissen will und deshalb ungeduldig ist.

Wenn es nach ihr ginge – mal ehrlich –, könnte er die Dinge einfach laufen lassen, sie hat es nicht eilig, ihren Mörder kennenzulernen, sie kommt ganz gut ohne ihn zurecht.

»Man wird ruhiger, wenn man weiß, wer es gewesen ist«, sagt er.

Und sie: »Aber ich *bin* ruhig. Außerdem bin ich bester Dinge – ich kann mir wirklich nicht vorstellen, was da fehlen soll; mir fehlt nichts.«

Na ja, die Abwechslung fehlt; sie sollten mal wieder verreisen, nach Italien fände sie schön, irgendwohin in den Süden.

Aber es geht auch so.

Sie sind immer noch damit beschäftigt, sich kennenzulernen, trödeln neuerdings, kommen auf Sachen zurück und wiederholen sie, bevor sie Neues probieren, wenngleich es so viel Neues nicht gibt.

Und der Junge taucht nicht auf, kommt nicht an den See, steht nicht vor der Haustür.

Sie fahren zur Wohnung der Mutter, wo er ebenfalls nicht ist; möglicherweise hat er ja aufgehört, die Mutter zu besuchen, oder sie haben Pech, während er wer weiß was treibt, auf Fahrräder springt, sich mit seinem Mädchen trifft, so es das noch gibt oder jemals gegeben hat.

Und so vergehen die Tage.

Der März ist fast vorüber, sie sind nicht besonders unternehmungslustig, niemand stört oder besucht sie; Andrä wird von Tag zu Tag ungeduldiger, und je ungeduldiger er wird, desto abwegigere Ideen hat er, hält es für möglich, dass der Junge auf dem Friedhof lebt, fährt dreimal täglich zur Mutter, bis er mit ihrer Hilfe endlich herausfindet, wo das Grab ist, wartet dort auf ihn, bleibt einmal sogar über Nacht, leider vergeblich.

Allmählich beginnt er, den armen Ivo zu verfluchen, sich selbst, denn warum hat er ihn einfach ziehen lassen, er hätte ihn festhalten sollen und ihm erklären, wie er die Sache mit Lilli wiedergutmachen kann.

»Am Ende ist er ja längst bei deiner Gritt«, sagt sie eines Tages, um irgendwie Abhilfe zu schaffen, was Andrä anfangs nicht einleuchtet, bevor er irgendwann zustimmt, es zu versuchen.

Es dauert, bis sie da sind; überall ist Wald und nur ansatz-weise Weg, bevor bloß noch Wald ist.

Andrä hat Mühe hinzufinden, sie verlaufen sich zwei-, dreimal, und dann sind sie endlich da, und sie mag diese Gritt sofort; sie muss sie bloß sehen, schon mag sie sie.

Gritt ist älter, als sie gedacht hat, trägt einen orangefarbe-nen Hosenrock und viel goldenen Schmuck, und sie winkt, als sie sich nähern, während um sie herum im Halbkreis ein gutes Dutzend Klienten sitzt – die meisten recht jung, dünne, traurige Mädchen und düster dreinblickende Jungs, die nun früher als üblich Schluss machen müssen und es nicht mö-gen, dass Gritt besucht wird.

Wie sie später erzählt, bietet sie derzeit drei statt zwei Termine pro Woche an, sie hat alle Hände voll zu tun, man merkt, wie die Klienten an ihr hängen, die fast durchweg in keiner guten Verfassung sind, die einen apathisch, die ande-ren hibbeliger noch als die Kapuzenjungs, wobei sie jeman-den im letzten Moment sagen hören, wie sehr er es hasst, dass dieses Scheißleben einfach weitergeht.

»Sie sollten sich alle schämen«, findet Lilli, die keine Sym-pathie für diese Leute hat und dennoch wider Willen mit ihnen fühlt.

»Ich finde ja beides nicht richtig«, wird Gritt dazu sagen, aber jetzt ist sie erst mal beschäftigt, jeden Einzelnen zu um-armen und zu verabschieden, was eine Zeit dauert.

»So, und nun zu euch.«

Man merkt, dass sie sich über den Besuch freut, und ja, ein Ivo sei vor ein paar Tagen hier gewesen, allerdings nicht lang, und von Lillis Fall habe sie natürlich gehört.

Offenbar ist sie nicht sonderlich überrascht, dass sie zu zweit gekommen sind, und wenn doch, lässt sie es sich nicht anmerken, macht eine Bemerkung zu Lillis Kleid und führt sie nach nebenan auf den Friedhof, auf dem früher ausschließlich Selbstmörder beerdigt worden sind und der inzwischen ein ganz gewöhnlicher Friedhof ist.

Eine berühmte Sängerin ist dort begraben, es gibt Gräber ohne Namen, Grabsteine, auf denen *Warum* geschrieben steht, eine breite Mauer aus Stein, die das Gelände umschließt, und auf ein Stück Mauer setzen sie sich jetzt.

Gritt seufzt; die heutige Sitzung war schwierig, obwohl ja jede einzelne auf ihre Art schwierig ist: wenn sie sich plötzlich erinnern, sich irgendwo liegen sehen, in irgendwelchen Betten, Zimmern, draußen im Wald, unter einer Brücke.

»Und dann verlieren sie die Fassung, obwohl sie alle wissen, was sie getan haben, es bei Gelegenheit erfahren haben, auf der Beerdigung, bei Besuchen.«

Es gebe ständig Neuzugänge, erklärt sie, deshalb sei es schwer, Dinge zu vertiefen, zumal die meisten jung und ungeduldig sind – Mädchen, die sich ritzten, die nicht aßen, Jungs, die Drogen nahmen oder sich von Brücken stürzten, dazu die üblichen Bilanztäter, die sich nichts mehr erwarteten, die sehr Alten, die sehr Kranken.

»Oh weh«, seufzt Andrä.

»Es sind Tote wie wir, wo ist der Unterschied?«, meint Gritt, wenngleich sie sofort einräumt, dass der Unterschied beträchtlich ist.

»Der Unterschied ist, dass meine Klienten sich nicht verzeihen können, was sie sich getan haben, und das ist eben meine Arbeit, dass sie damit anfangen und zu schätzen lernen, was ihnen geblieben ist.«

So sagt sie es.

»Aber das gelingt nicht vielen; es dauert Jahre, bis es dem

einen oder anderen gelingt, und deshalb kann ich mich vor Arbeit kaum retten.«

Am liebsten würde Lilli ja fragen, ob Gritt sich verziehen hat, wobei es ganz den Anschein hat, andernfalls hätte sie diese schwere Arbeit wohl niemals übernommen.

»Ich persönlich habe es, falls du dich das fragst«, erklärt sie, worauf alle schweigen und nach und nach bemerken, dass sie von einer Gruppe Gestalten beobachtet werden, die nun vereinzelt winken, sich jedoch nicht nähern, die nächsten Klienten, wie Lilli annimmt und ganz recht damit hat, dabei beginnt die Sitzung erst in zwei Stunden.

»Wie ihr seht, hört die Arbeit nie auf.«

»Jetzt zu dem Jungen«, sagt sie.

»Hat er einen Namen?«

Ja, Ivo, sagen sie und bekommen erneut zu hören, wie wenig er von sich erzählt hat, sich angeblich bloß aus Neugier auf den Weg gemacht habe, wegen seiner Mutter, weil mit seinem Kopf etwas nicht stimme, obwohl er praktisch Tag und Nacht Fahrrad fahre und dieser Frau nicht geholfen habe.

»Ich bin nicht ganz schlau aus ihm geworden.«

Weshalb Andrä sie in wenigen Sätzen aufklärt, wie die Dinge zusammenhängen, auch seinen Plan erwähnt, sie den Jungen brauchen und zugleich der Ansicht sind, dass er sie braucht.

Zu dem Plan hat Gritt keine Meinung, erklärt sich jedoch bereit, ihn in eine der Gruppen aufzunehmen, so er sich helfen lassen will; schicken könnten sie ihn jederzeit.

»Gut, und nun erzählt von euch«, sagt sie, und so erzählen sie ein bisschen, wie sie wohnen, wie sie sich gefunden haben, er sie und sie ihn.

»Und wie habt *ihr* euch kennengelernt?«, will Lilli nun wissen, worauf Gritt zur Antwort gibt: »Beim Suchen.«

»Beim Suchen?«

»Ich habe vor Jahren jemanden gekannt, der mir sehr wichtig war und dann von heute auf morgen spurlos verschwunden ist, und so habe ich ihn gesucht und beim Suchen Andrä kennengelernt.«

»Aber ihr habt ihn nicht gefunden.«

»Leider nein«, sagt Gritt. »Dafür kenne ich jetzt Andrä.«

Für eine ganze Zeit mag nun neuerlich niemand sprechen; Gritt hat ein heikles Thema berührt, obwohl ja jeder von ihnen Bescheid weiß, sie als Neuling allerdings am wenigsten, weshalb sie Schwierigkeiten damit hat.

Andrä hat ganz zu Anfang erwähnt, dass es irgendwann vorbei ist, aber so wirklich ernst möchte sie das nicht nehmen, schließlich hat ihr neues Leben gerade erst angefangen, sie ist verdammt jung, wenn man das so sagen kann, jünger als Andrä und sogar Solveig – ein Kleinkind, das kürzlich zu laufen begonnen hat und noch jede Menge lernen will, und dafür wird ja hoffentlich die Zeit sein.

Andrä – das merkt sie – möchte allmählich los, auch Gritt entgeht es nicht, und so ist nicht mehr viel; man verspricht, sich bei Gelegenheit wiederzusehen, vielleicht wolle Gritt sie ja mal besuchen, wozu diese unbestimmt nickt und verspricht, sich zu melden, wenn sie von dem Jungen hört oder er auftaucht, weil er ja gewiss Hilfe brauche – je unbeschwerter sich seinesgleichen gebe, desto dringender brauche er Hilfe, das sei jedenfalls ihre Erfahrung.

Und damit ist die Sache mit Gritt erledigt; sie sind keinen Schritt weiter, was den Jungen betrifft, doch die Sache mit Gritt haben sie erledigt, und deshalb fahren sie jetzt nach Hause.

»Ich mochte sie ja gleich, deine Gritt.«

Und Andrä: »Sie hat es damals nicht leicht gehabt.«

»Nein.«

Für einen Moment ist sie versucht zu fragen, ob da mal was gewesen ist zwischen ihm und ihr, bevor sie sich sagt, dass sie das nichts angeht und überhaupt ohne Belang ist.

⚘

Der Junge zeigt sich auch die nächsten Tage nicht. Andrä fährt regelmäßig zur Mutter, die er mal antrifft und mal nicht, begleitet sie zum Friedhof, fährt allein dorthin, läuft ziellos durch die Stadt.

Es ist idiotisch, dass er alles auf den Jungen setzt.

»Du musst ihn nicht finden«, sagt sie. »Nicht meinetwegen.«

Aber es ist gar nicht ihretwegen.

Es ist sein Beruf gewesen, zu suchen und zu finden, irgendwelche Zeugen aufzutreiben, die Verbindungen herzustellen, die auf Anhieb nicht immer erkennbar sind.

Er hat kürzlich behauptet, dass er diese Arbeit leid sei, aber das glaubt sie ihm nicht ganz, die Wahrheit ist, dass sie ihm unverändert Spaß macht; er nimmt es als Herausforderung, wenn etwas schwierig ist, akzeptiert, dass es Rückschläge und Sackgassen gibt, ärgert sich zwischendurch, bleibt dran und bringt die Sachen zu Ende.

Sie mag, dass er so ist.

Er lässt sie viel allein, was ihr anfangs nicht gefällt, bis sie bemerkt, dass sie selbst gerne alleine ist und sich so neu kennenlernt; sie trifft die Frauen, trifft das Mädchen, wenn auch immer seltener. Sitzt allein in Cafés, geht allein ins Kino, einmal in einen Gottesdienst, schaut den Leuten beim Leben zu, wie sie einkaufen, spazieren, arbeiten; zwei, drei Kindergärten hat sie schon besucht, die eine oder andere Schule, wenn in den Pausen das Geschrei beginnt, verschiedene Supermärkte, kleine und große Hotels, ein Schwimmbad mal.

Die Überraschung ist, dass sie nicht neidisch ist, nichts vermisst und schon gar nicht auf Erinnerungen aus ist, sondern nur schaut und hört und beobachtet, was es mit ihr macht.

Die Antwort ist: nicht viel.

Aber das ist gut; es gibt fast nichts, was ihr nicht gefällt, und es gibt fast nichts, dessen sie in eigener Sache bedarf.

Abends, wenn Andrä nach ihrem Tag fragt, kann sie kaum sagen, was genau sie gehört und gesehen oder gedacht hat, nur ebendas ist die neue Lilli.

»Und du?«, fragt sie, obwohl sie die Antwort kennt und er sie nicht geben muss und nur brummt: »Alles unverändert.«

24
Der Auftrag

Inzwischen ist es Anfang April; Bäume und Sträucher schlagen aus, es regnet nicht mehr gar so viel, die Stadt erwacht zu einem neuen, beinahe vergessenen Leben, man sitzt wieder vor Cafés und Restaurants, besteigt Ausflugsboote, blinzelt in die Sonne.

Von Ivo leider keine Spur.

Nicht zum ersten Mal ist er es leid, sich weiter mit dem Fall zu beschäftigen, weiter zu lauern, seine Zeit zu verplempern, was die Frage aufwirft, warum er es nicht lässt.

Wenn es nach Lilli ginge, könnte er es jederzeit lassen, das Leben, das sie haben, ist zu kostbar, um es mit Fahrrad fahrenden Jungen zu verschwenden, was sie nicht ausspricht, ihn machen lässt, ohne ihn zu ermuntern.

Sie sagt, dass er auf griesgrämige Weise müde aussieht, erschöpft, und sie sagt es freundlich, lockt ihn mehrfach mit Unternehmungen, Kino, Theater, eine Ausstellung; sie fahren ein zweites Mal zu seinem Landhaus, laufen um den See, klettern auf den Hochsitz, wo sie bei jeder sich bietenden Gelegenheit wiederholt, wie sehr sie jede Minute mit ihm genießt, was wenig daran ändert, dass er viel grübelt, für sich bleibt.

Wie lange er wohl noch hat?

Er hat von Leuten gehört, die zwanzig, dreißig Jahre gehabt haben, während es bei anderen keine zehn gewesen sind; er hat Freunde und Bekannte verloren, die leere Stellen hinterlassen haben, eine latente Furcht, die allein ihn angeht, sein persönliches Eigentum ist, das er mit niemandem teilen will, nicht mal mit Lilli.

Damit ist er beschäftigt, während er nicht aufhört, auf den Jungen zu warten, auf allen Wegen die Augen offen hält, jedoch immer seltener daran glaubt, denn die Stadt ist groß, und Fahrradfahrer gibt es zuhauf, es käme einem Wunder gleich, wenn sie sich begegneten.

Karl und Karl hat er ebenfalls gebeten, die Augen offen zu halten, sie sind von morgens bis abends unterwegs, wenngleich sie an seinen Plan nicht glauben; kann ja sein, dass der Junge sie zum Täter führt – und was dann?

Ja, was dann.

Zwei-, drei-, viermal meint er Ivo zu haben, bevor er begreifen muss, dass es ein anderer Junge ist, und trotzdem winkt und ruft und anschließend etwas beschwingter weitermacht.

Irgendwann hat er von der Lauferei genug und sucht sich Plätze, an denen er sitzen und warten kann, am Marktplatz, auf der Promenade am Fluss, und dort auf der Promenade findet die erste Begegnung statt.

Begegnung ist nicht das richtige Wort, trotzdem ist es ohne Zweifel Ivo, der bei einer Frau hinten auf dem Gepäckträger sitzt und ihn nicht wahrnimmt.

Na endlich, denkt er erleichtert, denn der Junge scheint bester Dinge zu sein, er ist in der Stadt, er ist nicht verschwunden und wird sich früher oder später einfinden.

Gleich am nächsten Tag sieht er ihn wieder.

Diesmal fährt er bei einem Mann im Anzug mit, sie sind recht schnell unterwegs, sodass Ivo nicht gut absteigen kann oder es nicht wagt, jedoch immerhin winkt und ihn gehört hat und deshalb winkt, als wolle er ihm mitteilen: »Gerade ist es schlecht, ein andermal.«

An den folgenden Tagen zeigt er sich nicht, ehe er überraschend wieder auftaucht, unweit der Stelle, wo er gewinkt hat, und diesmal kann er absteigen.

»Ich bin noch immer der Ivo«, erklärt er, und dass er viel Fahrrad fahre, da er ja sonst nicht viel tun könne.

Auch an Lilli erinnert er sich: ob alles in Ordnung mit ihr sei?

»Ja, ja, mach dir keine Sorgen, sie lässt dich herzlich grüßen.«

Was ihn sichtlich freut, obwohl er gleich merkt, dass das nicht alles ist, was der Herr Kommissar mit ihm zu besprechen hat.

»Ich soll was machen, ich merke schon«, sagt Ivo, worauf Andrä ohne Umschweife den jungen Mann aus dem Video beschreibt, wie komisch er sitzt und klatscht, dass sie ihn bis heute nicht gefunden haben, auf seinem blassblauen Fahrrad.

»Kannst du ihn bitte für mich finden? Du machst es vor allem für Lilli.«

Und kaum hat er das gesagt, ist Ivo Feuer und Flamme und ganz sicher, dass er ihn finden wird, jedenfalls will er alles tun dafür, damit bestimmt alle wissen, dass er ein guter Ivo ist.

Zu Andräs Überraschung fängt er kurz zu weinen an, bevor er neuerlich lacht und erklärt, dass er dann ja jetzt ein Kommissar sei.

»Sind *Sie* nicht ein Kommissar gewesen?«

Ja, bestätigt er, und da ja Ivo nun ebenfalls einer sei, müssten sie sich in Zukunft regelmäßig besprechen, am besten gleich ab morgen.

Damit ist der Junge einverstanden.

»Hier, an dieser Stelle?«

Ja, hier an der Promenade, um die Mittagszeit.

»Na, los, was wartest du?«, worauf der Junge sich an den Kopf schlägt und zu den Fahrradständern an der Anlegestelle läuft, kurz schaut und sich auf den nächstbesten Gepäckträger schwingt und winkend wer weiß wohin fahren lässt.

Lilli hat nicht damit gerechnet, dass er ihn finden wird; sie ist erfreut, lässt den Jungen grüßen, bleibt jedoch skeptisch, ob er auch nur in der Lage ist, den Mittagstermin einzuhalten.

»Erinnere dich, was Gritt über seinen Zustand gesagt hat«, warnt sie.

Anfangs ist er durchaus optimistisch; Ivo wirkt konzentriert, er will den Kerl um jeden Preis finden, ist täglich mehrere Stunden unterwegs, muss natürlich viel warten, wenngleich sich dauernd was ergibt; am Treffpunkt ist er regelmäßig der Erste, lächelt erwartungsvoll, schüttelt bedauernd den Kopf und nennt ihn hartnäckig »Kommissar«.

»Bitte nicht böse sein, Herr Kommissar.«

»Sie wissen ja – mein Kopf, Herr Kommissar.«

»Ich finde ihn, Herr Kommissar.«

Andrä hat ihn mehrfach gebeten, nur im Umkreis des Tatorts auf Fahrräder zu steigen, allerdings ist das leichter gesagt als getan, Ivo kann die Zielorte der Leute nicht beeinflussen, springt ab, wenn es möglich ist, und landet dennoch mehrfach an den abgelegensten Orten.

Aber er wird nicht müde, akzeptiert, dass es ein schwieriger Auftrag ist; von ein paar Beinaheunfällen berichtet er, Flüchen beim Überholen oder Überholtwerden, Handgreiflichkeiten, in die er zum Glück nicht oder bloß am Rande verwickelt ist.

»Die Leute sind ganz schön wütend«, sagt er. »Aber lustig; es ist dauernd was los.«

Auch von einer angeblichen Freundin berichtet er, die schon schimpft, weil er so wenig Zeit hat, und der Meinung ist, dass er das nicht machen muss, warum also machst du es.

Zoe heißt die Freundin.

Sie hat ein klitzekleines Problem mit Brücken, denn von einer Brücke ist sie vor einiger Zeit gesprungen und möchte es am liebsten wieder tun, weshalb sie seit Kurzem in einer Gruppe ist, irgendwo im Wald bei einer Frau, bei der er selbst schon gewesen sei, vielleicht gehe er da bei Gelegenheit ja wieder hin.

»Wenn wir mit allem fertig sind«, sagt er. »Doch noch sind wir nicht fertig, Herr Kommissar.«

Ob er bei Gelegenheit mit auf ein Fahrrad steigen soll?

Er wird allmählich ungeduldig, Ivo bemüht sich, aber wer weiß, ob er durchgehend die Augen offen hält und sich nicht bloß freut, dass er herumgefahren wird.

Und so schlägt er Ivo beim nächsten Treffen vor, zur Abwechslung gemeinsam zu fahren, worauf dieser erklärt, dass es an den großen Kreuzungen gute Mitfahrgelegenheiten gebe, am Bahnhof sowieso, vor Schulen, den beiden Universitäten – komme darauf an, wo man sich gerade befinde.

Sie müssen ziemlich weit laufen bis zur nächsten Gelegenheit, doch sie haben es ja nicht eilig, berühren neuerlich das Thema Mädchen; Ivo habe da vor einer Weile von einem erzählt, ob es das noch gebe, nur leider kann sich Ivo vorübergehend nicht erinnern, obwohl es Mädchen natürlich gibt, man kann sie nicht zählen, so viele gibt es, und sie riechen gut, und er mag es sehr, wie Mädchen riechen.

Sie brauchen keine fünf Minuten, bis sie eine große Kreuzung erreichen, wo der Junge plötzlich wissen will, was Andräs Lieblingsfarbe bei Fahrrädern sei, denn das halte er für wichtig beim ersten Mal, dass auch die Farbe stimme.

»Na, Rot«, gibt Andrä zurück, leicht genervt, obwohl es ja ohne Bedeutung ist.

»Ich vergesse manchmal Dinge«, sagt Ivo entschuldigend. »Aber wenn ich mich anstrenge, fallen sie mir meistens wieder ein. So ist das leider mit mir.«

Ich muss verrückt sein, mich auf diesen armen Teufel zu verlassen, denkt Andrä, der inzwischen zunehmend ernüchtert ist und trotzdem brav macht, was der Junge macht, mit ihm überlegt, wer da so ist, wer infrage kommt, und dann hinter ihm auf den Fahrradrücksitz eines Mädchens springt.

»Weißt du jetzt, wie es geht?«, fragt Ivo und lacht, weil es wirklich ein Kinderspiel ist, denn das hat er gesagt, dass es ein Kinderspiel ist und die Mädchen nun mal am besten riechen, dieses ganz besonders.

»Und? Riechst du es? Wie ein Mädchen riecht es.«

»Ja, ja, du hast recht, wie ein Mädchen.«

Das Mädchen hat einen Pferdeschwanz, der ständig auf und ab hüpft, fährt in Richtung Stadtpark, um irgendwann zu den Universitäten abzubiegen, was Ivo im Voraus gewusst zu haben scheint und ununterbrochen plappert, seine

Mutter erwähnt, Lillis Kleid, dass er Lilli nicht geholfen hat und sie ihm nicht böse ist.

»Und jetzt fahren wir, huiih, wie herrlich ist es, dass wir fahren!«

Kurz darauf erreichen sie die Universität, wo der Junge zum Glück nicht gleich losstürmt, sondern erst mal wissen will, wie der Herr Kommissar es fand.

»Bin ich nicht ein guter Sucher?«

»Natürlich muss ich noch jede Menge lernen«, räumt er ein, was nur nicht das Problem ist.

Sie sind keine Viertelstunde unterwegs gewesen und etwa zwei Dutzend Fahrradfahrern begegnet, was weit weniger ist, als er angenommen hat; der Junge war konzentriert und hat sie alle wahrgenommen, sich nach ihnen umgedreht, sie gemustert und immer weiter die Augen offen gehalten.

»Also, hör zu, alleine schaffen wir das nicht«, sagt er ihm, und dass sie mehr Leute brauchen, zehn, zwanzig, dreißig.

»Du hast erwähnt, dass du viele Freunde hast.«

Na ja, Freunde eher nicht, Bekanntschaften, und gar nicht so viele, auf Anhieb könne er sich an keine einzige erinnern.

Ivo wirkt unglücklich, als er das sagt, schlägt sich an den Kopf, was man von ihm schon kennt und ihnen nicht weiterhilft; sie brauchen dringend mehr Leute, Bekannte oder Freunde, egal, ein Team, das überall in der Stadt ausschwärmt, sie schaffen es bloß als Team.

Ivo fragt: »Und sind die dann alle Kommissare?«

»Auf keinen Fall«, ist er geistesgegenwärtig genug zu antworten, was den Jungen sichtlich erleichtert und ziemlich lange nachdenken lässt, bevor er erklärt, er kenne schon ein paar Leute, die er fragen könnte: sobald er einen von ihnen erwischt, will er ihn gerne fragen, ob er mitmacht.

»Ich danke Ihnen, Herr Kommissar, das ist eine schöne Aufgabe, weil fragen kann ich fast so gut wie suchen.«

Und verabschiedet sich und ist weg.

»Ihr seid mir ein schönes Paar«, sagt Lilli, als er später berichtet – immer noch skeptisch, allerdings schon weniger.

»Und was, wenn der Kerl nicht mehr in der Stadt ist?«

Dann wäre natürlich alles umsonst gewesen.

25
Lilli hat andere Sorgen

Sie glaubt trotzdem nicht recht daran; mal mehr, mal weniger, je nach Stimmung, die neuerdings ziemlich schwankt, sie weiß selbst nicht, warum.

Hat sie zu schnell Frieden mit allem gemacht?

Sie hat den wunderbaren Andrä getroffen und jederzeit um sich gehabt, selbst wenn sie allein war, immer schön brav und gepolstert, als nähme sie starke Beruhigungsmittel, die sie davon abhielten, wütend zu sein.

Aber jetzt – jetzt auf einmal spürt sie die Wut, als wäre sie ein Gast, der schon länger auf Einlass gewartet hat und nun erleichtert Platz nimmt und zwischendurch viel winkt oder flüstert, dass er jetzt da sei und gewiss bleibe.

Anfangs ist ihr das nicht recht.

Sie möchte nicht wütend sein; es wird alles so unordentlich, wenn man wütend ist, irgendwie hell und wackelig, aber eben auch interessant, weil alles in Bewegung gerät, sie mehr sieht, sie mehr will, jederzeit weiß, woher die Wut kommt, von der Stelle im Wald, wo der Kerl sie überfallen hat.

Ihre Wut gilt dem Kerl im Wald.

Sie würde ihm gern wehtun so in ihrer Wut, ihm etwas wegnehmen wie er ihr, ihn anbrüllen und wer weiß was antun, was ja bloß geht, wenn Andrä und Ivo ihn finden.

»Bitte, bitte, findet ihn«, sagt sie Andrä und will wissen, wie lange es bei ihm gedauert hat, bis er wütend geworden ist, worauf er zu ihrer Überraschung erklärt, dass er überhaupt nie wütend gewesen sei.

Wie kann das sein, fragt sie sich, bespricht es mit den Frauen, die mal mehr und mal weniger wütend gewesen sein wollen und sich sehr ungenau daran erinnern.

»Wut ist Vergangenheit«, sagt Rita. »Und du weißt ja, was ich von der Vergangenheit halte.«

Auch das Mädchen fragt sie.

Sie haben sich länger nicht getroffen, deshalb ist es fast ein Schock, sie wiederzusehen; sie hat seit Kurzem wechselnde Quartiere in einer Kleingartenkolonie, wo sie sich mit Rotkehlchen und Drosseln und Waldtauben unterhält und auch sonst ziemlich seltsame Sachen sagt, dass sie viel träumt und am liebsten alleine ist.

»Aber wir träumen doch nicht«, versucht sie zu widersprechen, aber das Mädchen besteht darauf und lässt sie anschließend wissen, dass sie Lilli lieber erst morgen sprechen will, es sei ihr gerade nicht nach ihr, was ja bisher nie so geschehen ist und sie mit Sorge erfüllt.

Die ganzen nächsten Tage redet Solveig vom Träumen; dass sie bei ihrem Vater in der Anstalt gewesen sei und ewig lange gebraucht habe, um hineinzukommen, da es überall Kontrollen gegeben habe; einen ganzen Tag hätten die Kontrollen gedauert, sie sei schon ganz müde davon gewesen, und dann habe sie den Vater in seinem Zimmer gefunden und ihm zugesehen, wie er mit Engelsgeduld einer Puppe die Haare frisierte.

Sie möchte nicht erzählen, was genau sie im Traum zu ihm gesagt hat, zumal sie im Nachhinein nicht sicher ist, ob sie lediglich *glaubt,* es ihm gesagt zu haben, was ja letztlich ohne Belang ist, aber wiedergesehen hat sie ihn und dazwischen die Mutter, die zu Hause langsam durch die Zimmer ging oder vielmehr schlurfte und gewiss ebenfalls in eine Anstalt gehört.

So erzählt sie es, flüsternd, verstört; sie weiß selbst nicht, was sie sich von diesen Besuchen erhofft hat, dieses Schlurfen und Puppenspielen jedenfalls nicht; wahrscheinlich habe sie ihnen verzeihen wollen, jedoch nicht herausgefunden, wie Verzeihen geht.

»Was redest du da um Himmels willen, das ist alles kompletter Unsinn«, versucht sie das Mädchen zur Besinnung zu bringen, aber es schüttelt nicht mal den Kopf.

»Das habe ich nicht gut gemacht«, lässt sie sich allenfalls vernehmen, dass es ein Fehler gewesen ist, die Eltern besucht zu haben, da sie reines Gift für sie sind und kein bisschen begriffen haben, warum man seine Kinder nicht so quälen darf.

Kurz: Es lässt sich nur noch wenig mit ihr anfangen; manchmal hellt sich etwas in ihr auf, dann wieder wirkt sie umso dunkler, ferner, gleichgültiger.

»Aber so bin ich jetzt«, erklärt sie, und dass sie sich die meiste Zeit wohlfühle, obwohl sie im selben Atemzug zugibt, dass sie so gut wie gar nichts fühle, als wäre da überall Nebel in ihr drin, irgendein Schaum, wie sie es seltsamerweise nennt, etwas, das sie langsam ausfüllt und bestimmt bleibt.

Andrä macht besorgte Gesichter, wenn sie von Solveig erzählt, dabei kennt er sie ja viel länger – warum also sucht *er* nicht das Gespräch mit ihr, muntert sie auf oder hakt nach, was genau los ist; Möglichkeiten gäbe es, sie haben sie hin und wieder zu Besuch, doch er macht keine Anstalten, lässt sie vorübergehend ins gemeinsame Bett, hört ihr zu, wie sie brabbelt, wie sie gähnt und im Grunde nicht anwesend ist, schüttelt traurig den Kopf.

»Was ist bloß mit ihr?«, fragt sie ihn, wenn sie alleine sind, und kommt nach und nach zu dem Schluss, dass er es längst weiß.

»Aber warum? Ich will das nicht. Bitte nicht Solveig.«

⚙

Und also glaubt sie es einfach nicht; selbst, als es längst passiert ist, glaubt sie es nicht; vielleicht hat sich Solveig versehentlich irgendwo einsperren lassen oder ist für ein paar Tage verreist, in der Hoffnung, dass sie sich andernorts besser fühlt, oder was immer eine mögliche Erklärung für ihr Verschwinden ist.

Ein paar Tage beruhigt sie sich damit, klappert jeden Morgen Solveigs Gärten ab, klappert sie am Nachmittag und Abend ab, erkundigt sich nach ihr, spricht diverse Leute an, fragt die Gruppe.

Doch es hat sie niemand gesehen.

Bitte nicht, sagt sie sich, ausgerechnet Solveig, warum sie; doch das Mädchen bleibt verschwunden.

Sie sucht auf den Friedhöfen nach ihrem Grab, aber an ihrem Grab ist sie ebenfalls nicht, außerdem ist es ein ganz hässliches Grab, die Mutter scheint sich seit Ewigkeiten nicht darum gekümmert zu haben und ist natürlich nicht vor Ort.

Und jetzt gibt sie auf.

Sie beginnt zu begreifen, dass sie das Mädchen verloren hat, dass sie Abschied nehmen muss, so schwer, so unerträglich das für sie ist.

Andrä – man kann es nicht anders sagen – reagiert sehr liebevoll, auf seine übliche, stille Weise, was heißt, dass er sie nicht zu trösten versucht und eben dadurch tröstet; er ist aufmerksam, wenn er da ist, lässt sie, schaut sie an, berührt sie hie und da, berichtet von Ivo, der zwei, drei erste Helfer gefunden hat und zusätzliche sucht.

Einmal müssen sie übers Wochenende in ihr altes Quartier zurück, weil das Ehepaar zu ihrer Tochter gefahren ist, und beinahe ist es ja ein Spaß, sich an die alten Zeiten zu erinnern, in denen man selten eine ruhige Minute gehabt hat, weil dauernd jemand gekommen ist und den Kommissar und die Frau aus der Zeitung hat kennenlernen wollen.

»Ich vermisse sie ganz schrecklich«, sagt sie wieder und wieder und verschweigt, dass sie die Kleine dauernd sieht und sogar mit ihr spricht.

Wäre sie noch da, wenn sie nicht diese komischen Sachen geträumt hätte?

Andrä glaubt an diese Träume nicht, und selbst wenn; wahrscheinlich war es einfach an der Zeit, weil sie alles erledigt hatte, was für sie zu erledigen war.

»Erledigt.«

»Nenn es, wie du willst«, sagt er.

»Also ich erledige hier gar nichts; oder habe es längst erledigt.«

Sie hat ein letztes Mal die Eltern besucht, ihren Mann, die Schwester; sie hat um sie getrauert, sie bedauert, sich und sie, kann sie jederzeit gut sehen, einigermaßen verblasst, weit weg in einem unordentlichen Kreis, wo sie alle stehen und abwechselnd zu Boden oder in irgendwelche Fernen schauen, griesgrämig und verschlossen.

Würden sie nach ihr rufen, könnte sie sich womöglich aufraffen, doch es ruft niemand: Die arme Lilli, die so dumm war, kopflos in diesen Park zu laufen, und uns weiß Gott schon genug Kummer beschert hat.

So glaubt sie, dass sie über sie denken.

»Findest du mich undankbar?«

»Die Ereignisse, Menschen rücken in die Ferne«, sagt er. »Und in dieser Ferne bleiben sie uns.«

Manchmal kommt die eine oder andere Kleinigkeit hinzu – wie sie als kleines Mädchen auf einer Treppe sitzt und wartet, dass die Eltern zurückkehren; wie Edgar sie einmal angebrüllt hat; Paul, wie er samstags den Rasen mäht.

Solche Sachen.

Die allesamt vorbei sind, abgetan, wie nicht wahr.

Und wahrscheinlich ist das ja gut.

Sie muss dringend mal aus der Stadt; wenn alles vorbei ist und Andrä und Ivo den Kerl aus dem Park gefunden haben, muss sie weg; selbst wenn er unauffindbar bleibt, muss sie das, nach Rom oder Neapel, wie sie hofft und träumt, irgendwohin da unten.

»Ja, kannst du dir das vorstellen?«

Und er nickt, so auf eine Art, dass sie gleich weiß, dass er es sich derzeit bestimmt nicht vorstellen kann, im Sommer vielleicht.

Und so vergehen die Tage; das Wochenende kommt, das sie wieder im Weinladen Nummer zwei verbringen, und dann das darauffolgende, an dem Fanny zu Besuch ist.

»Hier, wir sind hier, es ist alles wie neulich«, sagen sie, aber Fanny hört nicht; außerdem ist sie offenbar krank oder kurz davor, es zu werden, man kann sehen und hören, dass es so ist, sie fröstelt, sie schnieft und legt sich sofort ins Bett, obwohl es gerade mal früher Nachmittag ist.

Draußen hat es zu regnen begonnen, die Tropfen auf dem Dachfenster machen jede Menge Lärm, während Fanny ganz still ist und sich kein einziges Mal umdreht oder überhaupt regt.

Fanny könnte meine Tochter sein, muss Lilli nun denken, stellt sich vor, wie das wäre, wenn sie eine Tochter wie Fanny hätte, die sie ja sicher bei jeder Gelegenheit besuchen würde, während sie alle anderen bekanntlich gar nicht mehr besucht.

Beinahe wird sie traurig bei dem Gedanken, bevor sie sich sagt, dass sie ja wirklich eine Tochter gehabt haben könnte und sich bloß nicht erinnert, man sie vor ihr versteckt hält, aus der Stadt gebracht hat, damit sie nicht gar so traurig ist, weil sie keine Mutter mehr hat oder warum auch immer.

Was natürlich kompletter Unsinn ist.

Der Nachmittag vergeht und der Abend, und niemand taucht auf, um nach der kranken Fanny zu schauen.

Lilli hat sich neben sie aufs Bett gelegt, meint zu spüren, dass die junge Frau fiebert und irgendwann aufwacht, noch im Aufstehen auf den Beinen ist und die Tür öffnet, um sich unten in die Küche ein Glas Wasser zu holen.

»Mann, bin ich müde«, sagt sie, als sie wieder da ist.

»Aber gut getrunken hast du.«

»Ja, das habe ich«, antwortet sie.

Und dreht sich zur Seite, um weiterzuschlafen.

26
Der Mörder wird gesucht

Es dauert den ganzen Mai, um ein Team zusammenzustellen, das den Namen verdient.

Die meisten sind in Ivos Alter, zwei Drittel junge Männer und ein Drittel junge Frauen, die Ivo angesprochen hat und sich aus den unterschiedlichsten Gründen bereit erklärt haben mitzusuchen; manche haben sich bereit erklärt und kommen anschließend nicht, während andere im ersten Moment abwinken und Tage später unvermutet auftauchen: die meisten aus Langeweile oder weil sie wie Ivo ohnehin dauernd unterwegs sind, manche, weil sie Ivo mögen, und wieder andere, weil es sich um einen Mordfall handelt und sie Morde verabscheuen oder – wie sie sagen – »geil« finden.

Manche tragen Motorradkleidung, andere Flügelhemdchen oder Schlafanzüge, während der Rest mal eher sommerlich, mal eher winterlich gekleidet ist und wer weiß wie unter die Toten geraten ist.

Anfangs gibt es regelmäßig kleinere Pannen, die vor allem Ivo zu verantworten hat, weil er den Treffpunkt nicht gut beschreibt, falsche Uhrzeiten nennt oder selbst ausbleibt, weil er lieber mit einem Mädchen unterwegs ist, das besonders gut riecht.

Er wohnt wieder bei seiner Mutter und ist stolz, dass er nach und nach die Leute zusammenbringt, selbst wenn manche schnell die Lust verlieren und die Suche für sinnlos erklären, denn wer sagt, dass der Kerl nicht längst ein anderes Fahrrad hat und auch gar nicht mehr so komisch sitzt, weil er weiß oder ahnt, dass er gesucht wird, weil er im Netz das Video gesehen hat und klug genug ist, seine Schlüsse zu ziehen.

»Ihr findet ihn schon«, versucht ihn Lilli zu ermutigen.

»Wenn er in der Stadt ist, findet ihr ihn früher oder später.«

Was auch Ivo glaubt, der sehr lange Tage hat, mit den anderen sucht, sich um weitere Mitarbeiter bemüht und viel bei seiner Mutter ist, weil er hofft und glaubt, dass sie das merkt und es hoffentlich leichter so hat.

»Sie wirken müde, Herr Kommissar«, sagt er.

Und tatsächlich wird es ihm manchmal zu viel; in der Gruppe hat es Konflikte gegeben, weil sie nach mehreren Neuzugängen einfach zu groß geworden ist und es zu unterschiedliche Fragen und Interessen gibt; er muss jeden Mittag zum Treffpunkt, um zu erfahren, dass sie immer noch zu wenige sind und diese wenigen nichts zu berichten haben, ermuntert werden müssen, was ihm einigermaßen gelingt.

Aber es ist mühsam.

Ich werde alt, sagt er sich, nimmt kleine Auszeiten, die ihm früher kein Bedürfnis gewesen sind, wundert sich über sich und nimmt es hin.

⚬

Und Lilli trauert, läuft wieder viel, besucht Solveigs Grab, die Orte, an denen sie gewesen sind, die Stelle im Park, wo sie einander kennengelernt haben, die Gärten, in denen das Mädchen seine letzten Tage verbracht hat.

Sie bekommen sich kaum mehr zu Gesicht.

»Ich bin bloß traurig, mach dir keine Sorgen«, erklärt sie und muss weiter so viel wie möglich in den Gärten sein, wo sie sich mit Solveigs Vögeln bekannt macht und den hübschen blau-grünen Libellen, die durch die Lüfte segeln oder über die kleinen Teiche tanzen, was ihr alles ein Trost ist, wie sie sagt; der Flieder tröstet sie, dass demnächst der Mohn blüht, was sie schon darum freut, weil die Namen zu ihr zurückgekehrt sind und sie wieder weiß, dass sie als Mädchen viel in einem großen Garten gewesen ist; am liebsten würde sie ja sofort in einem Garten leben.

»Der Rhododendron«, sagt sie versonnen. »Der Apfel- und der Birnbaum.«

Das alles gibt es nämlich dort; einen Rest Solveig gibt es, einen Rest Lilli, wie sie ja gerade erst herausgefunden hat.

Einmal ist sie so spät aus einem ihrer Gärten aufgebrochen, dass sie nicht mehr ins Haus gekonnt hat und am nächsten Morgen berichtet, dass sie gar nicht gewusst habe, was tun, und einfach zurück in den Garten gelaufen sei und mitten auf einer der Wiesen die Nacht verbracht habe, Mond und Sterne über sich, und rundherum nur Schwarz und weit weg irgendeine Leere, über die sie lieber nicht weiter nachgedacht habe.

»Ein bisschen brauche ich noch«, sagt sie.

Und dann: »Wie viele seid ihr gerade?«

Neun oder zehn, er weiß nicht genau, aber immerhin erkundigt sie sich zur Abwechslung, wenngleich sie in Gedanken schon wieder in einem ihrer Gärten ist.

Bis Mitte Mai werden aus den zehn immerhin knapp zwanzig, was ausschließlich Ivos Beharrlichkeit zu verdanken ist, der nicht groß darüber redet, sondern einfach macht und nun täglich ein, zwei Neue bringt.

Am Treffpunkt ist die Stimmung meistens gut, die Neuen hören aufmerksam zu, wenn er Punkt für Punkt aufzählt, auf was sie achten sollen: die Fahrradfarbe selbstverständlich, den Fahrstil, Angaben zur Kleidung, die Uhrzeit wenn möglich sowie die Wege, die sie fahren oder gefahren sind, damit sie im Fall einer Begegnung berichten können, wo genau sie stattgefunden hat.

»Wir sind erst in Phase eins«, lässt er sie wissen. »Sollte er also eines Tages an euch vorbeirasen, ist das nicht schlimm, sondern der Beginn von Phase zwei, in der wir das Suchgebiet verkleinern.«

Noch schickt er sie ins gesamte Stadtgebiet; sie nicken skeptisch und verteilen sich, begeben sich am nächsten Tag zum Treffpunkt und haben so gut wie nichts; ab und zu ein Fahrrad, das blassblau gewesen sein könnte, aber niemanden, der so komisch fährt.

Man merkt, wie mehr und mehr von ihnen die Lust verlieren, nicht gerade maulen, weil sie ja niemand zwingt, sich jedoch fragen, wo die Aktion hinführen soll und für wen sie das eigentlich machen.

Und also bringt er eines Tages Lilli mit; muss sie nicht groß bitten, weil sie mehr oder weniger von selbst darauf kommt, und tatsächlich ist die Stimmung sofort wie ausgewechselt, denn jetzt steht sie leibhaftig vor ihnen, erzählt ein bisschen, bedankt sich, ist auch bereit, bei einem von ihnen mitzufahren, was nach Übereinstimmung aller nur Ivo sein kann.

Ivo kann sein Glück nicht fassen, er strahlt und erklärt ihr, dass man nicht lange fackeln darf, wenn man sich zu jemandem aufs Fahrrad schwingen will, zum Glück sei Lilli ja nicht schwer, die Sache selbst sei nicht schwer, man müsse bloß kurz hüpfen, dann sitze man schon.

Alle nicken, und los geht's.

Bis zum frühen Abend fährt Lilli mit Ivo, und am nächsten Tag ist ein Mädchen in Latzhose dran und am übernächsten ein Mann in den frühen Dreißigern ganz in Leder.

Noch im Mai gibt es die erste Sichtung, in einer Gegend weit vom Tatort, nachmittags um fünf. Ausgerechnet der Jüngste hat ihn gesehen; dreizehn, vierzehn mag er sein und ist ganz sicher, dass es der Kerl gewesen ist.

»Das Fahrrad allerdings war schwarz«, sagt er, und dass er deshalb nicht gleich auf ihn geachtet habe, denn auch in der beschriebenen Weise sei er zunächst nicht gefahren, habe auch nicht in die Hände geklatscht, aber schließlich doch.

»Er sah eigentlich ganz normal aus«, sagt er. »Er fuhr in der beschriebenen Weise, er fuhr schnell, sonst ist nichts Auffälliges an ihm gewesen.«

»Normal, ja«, meint Lilli später dazu.

»Und was, wenn ich ihn mag?«

Das scheint sie mit am meisten zu fürchten, dass sie ihn mögen könnte, dass er nebenbei sozusagen ein Mensch ist, heute der und morgen der, sodass man sich letztlich nicht mit ihm auskennt.

»Abwarten«, sagt Andrä. »Zuerst müssen wir ihn haben.«

Das Team ist zwischenzeitlich auf über vierzig angewachsen, und die meisten sind optimistisch, fahren zu den unmöglichsten Zeiten durch die nördlichen Viertel, wo er gesichtet worden ist, fangen früh an und hören spät auf, in dem Wissen, dass sie geduldig bleiben müssen und der Zeitpunkt keine Rolle spielt.

Lilli findet, dass er ein, zwei Tage Pause machen sollte, er sehe nicht aus, wie sie ihn sich wünsche, was immer sie sich da wünschen mag, allerdings fehlt ihm die Ruhe für eine Pause, er will auch selber etwas tun, in die Gegend fahren, wo es die Sichtung gab, irgendwo im Norden.

Irgendwo dort hat es angefangen, sagt er sich.

Er kennt den Norden kaum; es gibt viel Gewerbe dort, den Bahnhof natürlich, stille Straßen mit kleinen, geduckten Häusern, wenig Grün.

Und dort läuft er jetzt, mit unklaren Gedanken, die mal Lilli, mal dem Kerl gelten, bevor er wieder nur läuft und sich fragt, ob sie ihn treffen wird wollen, wenn sie ihn haben, und was das letztlich ändert.

Auch ganz andere Gedanken beschäftigen ihn: Er würde gerne wissen, wie es zu Ende geht, ob man es im Voraus ahnt, ob man was spürt und was das dann wohl ist.

Beinahe freut er sich ja darauf, unter der Bedingung, dass es interessant ist, und einigermaßen interessant stellt er es sich vor.

27

Im Glashaus

Und dann haben sie ihn eines Tages; sie hat bis zuletzt nicht daran geglaubt, aber nun haben sie ihn.

Einer der Motorradjungs hat ihn gefunden; an einer großen Kreuzung stand er urplötzlich neben ihm.

War er's, oder war er's nicht?

Solange sie standen, war das nicht zu entscheiden, und so sprang er kurz entschlossen von einem Fahrrad aufs andere, fuhr mit ihm los und wusste auf der Stelle, dass er's war, so blöd aufrecht, wie er saß und zwischendurch in die Hände klatschte, musste er es ja sein.

Da er mit irgendwas spät dran war, fuhr er auch diesmal sehr schnell, eine belebte Straße entlang und dann ein paarmal links und rechts, bis sie vor einem großen Gartencenter standen und der Kerl sein Fahrrad abschloss und das Hauptgebäude betrat, wo er jedoch nichts kaufte, sondern in eines der Glashäuser ging und dort ewig lang an irgendwelchen Pflanzen zupfte.

Sie ist nicht dabei gewesen, als der Motorradjunge das erzählt hat, weil sie ein letztes Mal in einem von Solveigs Gärten war und demnach auch nicht dabei gewesen ist, als Andrä ihn sich angesehen hat, begleitet von zwei Dutzend Helfern.

Inzwischen sei es ja Stunden später gewesen, deshalb hätten sie erst mal suchen müssen, wo auf dem riesigen Gelände mit Gewächshäusern und Freiflächen er sich aufhielt, aber irgendwann hätten sie ihn gefunden, und alles sei überaus seltsam gewesen – wie er die Pflanzen goss und sie gelegentlich streichelte oder mit ihnen redete, als wären sie seine Freunde, und sie alle immer weniger geglaubt hätten, dass er der Richtige sei.

Andrä macht keinen glücklichen Eindruck, als er das erzählt, irgendwie matt und zugleich aufgekratzt, zufrieden, dass sie ihn haben und er nicht länger die Arbeit hat.

»Und weiter?«

»Nichts weiter«, sagt er.

»Irgendwann bin ich zu ihm hin und habe ihm gesagt, dass wir ihn haben; Ivo und zwei, drei andere haben angefangen, ihn zu beschimpfen, gingen ganz nah ran und beschimpften ihn, während andere schnellstmöglich von ihm wegwollten.«

»Aber er ist es.«

»Der Mann auf dem Video auf jeden Fall.«

»Gut.«

»Er ist viel größer, als ich gedacht habe, hat ein nicht unangenehmes Gesicht, lange Finger; das ist mir aufgefallen, dass er lange gelbliche Finger hat; eine helle Hose hat er getragen, er geht sehr aufrecht, etwa in der Art, wie er fährt, blondes Haar, dunkle Augen, man sieht es ihm nicht an.«

»Nein.«

Sie versucht, sich zum hundertsten Mal vorzustellen, wie es sich abgespielt hat, was um Himmels willen der Grund gewesen ist, ihr Fehler, wenn es einen gegeben hat, der entscheidende Moment, in dem alles ganz anders hätte enden können.

Aber es fällt ihr partout nichts dazu ein, nur, wie sie da auf dem Waldboden lag und genau sah, wie sie da lag und nichts von sich wusste, am Waldboden die Zigarettenkippen sah, das Geräusch eines Bootsmotors hörte, ein paar Kinderstimmen, sehr weit weg, den Wind, das Rauschen der Blätter, an das sie sich nicht direkt erinnert, jedoch weiß, dass sie es wahrgenommen haben muss.

Das in etwa sind ihre Gedanken, Überlegungen.

»Und? Willst du ihn sehen?«, fragt Andrä.

Doch sie weiß nicht, ob sie ihn sehen will, eher ja als nein, trotzdem weiß sie es vorläufig nicht, bedankt sich bei ihm, dass er bereit ist, sie zu begleiten, morgen oder die Tage, was sie alles wie gesagt noch nicht weiß.

Und dann ist *morgen,* und sie ist ganz sicher, dass sie ihn sehen will.

»Überleg lieber noch mal«, rät Andrä, aber es gibt nichts zu überlegen, sie fahren da jetzt zusammen hin und schauen sich den Kerl an, was so schwierig ja nicht sein kann.

Auf den letzten Metern merkt sie, wie angespannt sie ist.

»Da drüben, das ist er doch«, sagt sie, nicht sonderlich bewegt, als wäre er ein ferner Bekannter, den sie seit Jahren nicht gesehen hat und der zufällig in einem Gartencenter die Rosen düngt und einen schlimmen Schnupfen hat.

»Lass dir Zeit«, mahnt Andrä, dabei macht sie alles ganz langsam, wartet, bevor sie näher rangeht, schüttelt den Kopf, nimmt wahr, wie groß er ist, wie gewöhnlich, auf den ersten Blick ruhig, jemand, der mit Pflanzen umgehen kann und in dem es innen drin brodelt, wie man glauben muss, irgendeine giftige Brühe, die er liebt und zugleich hasst.

Zu ihrer Überraschung hat sie ihm wenig zu sagen.

»Es gibt mich noch«, sagt sie ihm. »Wir sind da, du siehst und hörst uns nicht, trotzdem sind wir da.«

Sie mag nicht, wie er schnieft und rotzt, seine gelben Hände mag sie nicht, sonst empfindet sie nicht viel.

Sie möchte, dass er aus dem Verkehr gezogen wird, aber wer er ist, ist ihr herzlich egal.

»Ich bin ihm nicht mal böse«, sagt sie.

Steht eine ganze Weile bei ihm, als müsse er doch irgendwann merken, dass sie die Frau aus dem Park ist, die durch ihn hindurchsieht, als wäre er Luft, und wirklich wird er jetzt kurz unruhig, bevor er wieder schnieft und die Nase hochzieht.

»Wir können los«, erklärt sie, was Andrä nicht weiter kommentiert, auch nicht fragt, wie ihr nun ist, was sie kaum beschreiben könnte, im Grunde ist ihr nämlich gar nicht.

»Ich glaube, ich muss ihn noch mal alleine treffen«, sagt sie.

Auf der Rückfahrt im Bus sagt sie das, versucht, sich zu merken, wie sie fahren muss, gleich morgen wird das sein, ja, ja, morgen, wenn sie alles durchdacht hat.

»Ich glaube, es war so«, sagt sie, als sie zu Hause sind.

Für den Kerl, meint sie, die Dinge aus seiner Sicht.

»Lass es mich einfach versuchen, ja? Ein Mann trifft eine Frau.«

Es beginnt damit, dass er da im Park ist und nicht woanders. Es ist nicht mehr ganz früh am Morgen, und er sitzt auf seinem Fahrrad, was er für sein Leben gern macht und sich gar nichts weiter denkt, sondern bloß fährt und auf einmal eine Frau im roten Kleid sieht.

Sie ist ziemlich weit weg, aber dafür hat er ja sein Fahrrad, dass er sich ohne Probleme nähern kann, sie mit dem Fahrrad überholt und wieder umkehrt, weil sie ihm gefällt oder an jemanden erinnert oder beides.

Im Grunde interessiert er sich für Frauen ihres Alters nicht, auch das rote Kleid würde ihn nicht interessieren, wenn er sich nicht fragen würde, wieso sie es hier, im Park, um diese Uhrzeit trägt.

Und so spricht er sie einfach an. Die Frau scheint nicht besonders ängstlich zu sein und kümmert sich nicht um ihn, der nun anfängt, sie mit seinem Fahrrad zu umkreisen, und ihr mit jedem Kreis ein Stück näher rückt, sodass er sie fast schon berühren kann, sie nach ihrem Namen fragt, eine Bemerkung zu ihrem Kleid macht, ja, ja, und wieder: was sie um diese Uhrzeit hier macht.

Und jetzt bekommt es die Frau mit der Angst zu tun, sie versucht, von ihm wegzukommen.

Auf dem breiten Weg ist es ein Leichtes gewesen, sie wieder und wieder zu umkreisen, aber jetzt geht sie Richtung Wald, was ihn dazu bewegt, ganz langsam von seinem Fahrrad zu steigen und der Frau zu folgen.

Und es gefällt ihm, ihr zu folgen, und es gefällt ihm, dass sie Angst hat, und damit das so bleibt, folgt er ihr, immer weiter in den Wald. Vielleicht sagt sie, dass sie allein sein möchte, wozu er erstmals lacht und ihr gemächlich folgt.

Bis zu diesem Punkt kommt sie ohne Schwierigkeit.

Doch was dann?

Dass er sie von hinten einfach angegriffen hat, mag sie nicht glauben; es muss einen Kontakt gegeben haben: nicht gerade ein Gespräch, eine harmlos klingende Frage seinerseits, eine größere Unverschämtheit, vielleicht auch nur einen Blick, den sie nicht gemocht hat, nicht erwidert oder sich verbeten hat, worauf die Situation entgleist ist.

»Und wenn ich ihn doch gekannt habe und mich bloß nicht erinnere?«

Andrä bezweifelt, dass sie sich gekannt haben; es kann auch ganz anders gewesen sein, weniger kompliziert, weniger persönlich; dass er ein Messer dabeihatte, spricht dafür, und dass er ihre Schuhe mitgenommen hat.

»Oh weh, meine schönen Schuhe, ja«, sagt sie, obwohl sie nicht die geringste Ahnung hat, wie sie ausgesehen haben könnten.

Und also fährt sie noch einmal zu diesem Kerl; bloß schauen will sie, ihn kennenlernen, hätte sie beinahe gedacht, nicht groß reden mit ihm, nein, nein, sondern sich ihn bloß anschauen.

Er ist schon da, als sie eintrifft; sie findet ihn nicht gleich, geht die Glashäuser ab, sucht ihn draußen bei den Rosen und findet ihn endlich im Hauptgebäude bei den Kassen, wo er Plastiksäcke mit Rasensamen und Dünger in die Regale räumt, mehrfach etwas holt und auf fahrbare Tische stellt, kleine Töpfe mit diversen Kräutern.

Manchmal richtet er ein paar Worte an ein Töpfchen, betatscht den Rosmarin, streichelt ihn, worauf sie aber nicht hereinfällt und es sich auch nicht lange anschaut, erst mal nicht in seiner Nähe sein will, bevor sie ihn später in einem der Glashäuser wiedertrifft.

Es ist idiotisch, dass sie ihn ein zweites Mal besucht hat, da er sie ja rein gar nicht interessiert, er nichts in ihr auslöst, keinen Hass, kein Mitgefühl, einen leichten Widerwillen, weil er dauernd schnieft und alles anfasst, doch nicht mehr.

Ist er es überhaupt?

Müsste sie es nicht spüren, wenn er es ist?

Warum spürt sie das denn nicht?

Eine Weile versucht sie, ihn zu betrachten, als wäre er ein x-beliebiger Mann, der in einem Gartencenter die Kräuter streichelt, und tatsächlich findet sie ihn plötzlich fast sympathisch.

Gut, bis zur Mittagspause bleibe ich, nimmt sie sich vor, und dann ist Mittagspause und er läuft nach draußen zu den Parkplätzen.

Sie kann gerade noch rechtzeitig hinten auf sein Fahrrad hüpfen, und nun fahren sie, gut zehn Minuten, wenn sie richtig schätzt.

Sie kennt die Gegend nicht, wundert sich ein bisschen, weil sie recht wohlhabend wirkt, aber gut, dann ist das eben so, wie sie sich sagt und ihm in Kürze in eine teuer eingerichtete Wohnung im obersten Stock folgt, von der sie sofort annimmt, dass er sie von seinen Eltern hat.

Hier also wohnst du, denkt sie, und im selben Moment: Er ist es.

Es erleichtert sie nicht nur, dass sie das plötzlich mit absoluter Sicherheit weiß, es erschreckt sie auch, denn jetzt erinnert sie sich überhaupt erst richtig an ihn, erkennt wieder, wie er geht, wie er schnauft, das Muttermal am Kinn, seine langen käsigen Finger, mit denen er sie betatscht hat, all das.

Es graut mir vor dir, sagt sie zu ihm hin und sieht ihm mit einem Gefühl des Ekels zu, wie er auf der Küchenzeile zwei Brote belegt, wie er mit dem Messer hantiert, wie er isst und anschließend in das Zimmer nebenan schlurft und sich seufzend auf sein ungemachtes Bett legt.

Könnte sie raus aus der Wohnung, würde sie auf der Stelle gehen.

Aber das kann sie nicht.

Vielleicht finde ich hier ja irgendwo meine Schuhe, fällt ihr ein, worauf sie sich vorsichtig umzuschauen beginnt, ob da irgendwo Frauenschuhe zu sehen sind, denn dann hätte sie einen eindeutigen Beweis, für den Fall, dass er sie damals – warum auch immer – mitgenommen und nicht weggeworfen hat, was sie alles in keiner Weise weiß.

»Ich würde gerne meine Schuhe wiederhaben«, wird sie Andrä später sagen.

»Es ist alles so mühsam«, wird sie sagen.

Und er: dass sie sich bitte nicht quälen soll.

Und eine Qual ist es ja, der Kerl läuft immer noch frei herum, und sie hat ihn in seiner Wohnung besucht und ewig nicht wieder herausgekonnt.

Ändert es was, ob er frei herumläuft oder nicht?

Wozu Andrä sagen wird, dass es sehr wohl etwas ändere und er gleich morgen Bertram aufsuchen werde.

»Und dann?«

»Dann sehen wir schon.«

28

Aber sie hören nicht

Lilli ist in einem wackeligen Zustand, als sie aus dem Gartencenter zurückkehrt; sie ist ganz sicher, dass er es ist, zweifelt
im nächsten Moment daran, möchte, dass sie weiter beobachten, was der Kerl treibt, nach Beweisen suchen und natürlich mit Bertram reden, es zumindest versuchen.

»Wir müssen meine Schuhe finden«, sagt sie.

»Für mich ist es okay so«, sagt sie; für ihre Familie sei es
allerdings nicht okay, die ja irgendwann die Chance haben
müsse, mit allem abzuschließen.

Sie hat ihre Familie seit Wochen nicht erwähnt, aber gut,
auch die Familie ist ein Grund, gerade jetzt nicht aufzuge-
ben; seiner Truppe hat er gestern schon angekündigt, dass
er sie womöglich noch brauchen wird, und gleich morgen
früh versuchen sie ihr Glück bei Bertram und seinen Leuten.

Bis spätnachts sprechen sie darüber, wie wahrscheinlich
es ist, dass dort jemand hört; Bertram wohl eher nicht, da
sind sie sich einig, vielleicht jemand von seinen Kolleginnen
und Kollegen.

Auch Fanny hat sie schließlich gehört.

»Denk einfach an Fanny.«

Auch Christine hat ihn dieses eine, einzige Mal gehört,
aber das war, weil sie unglücklich war, obwohl es angeblich

weitere Umstände gibt, unter denen Leute hören – morgens, wenn sie dabei sind, wach zu werden; wenn sie krank sind; kurz bevor sie einschlafen und beinahe schon träumen; wenn sie Sex hatten.

Das mit dem Sex gefällt Lilli am besten.

»Unter diesen Umständen sollten wir deinen Bertram ja wohl lieber zu Hause besuchen«, scherzt sie, und dass sie jetzt die Augen zumachen muss, um zu überlegen, mit welchen Worten, Sätzen sie Bertram und seine Leute zum Hören bringt.

»Die Worte spielen keine Rolle, es reicht, dass man anwesend ist«, meint er.

»Ja, schon, nur sagen musst du ihnen irgendwann ja trotzdem was.«

Und so fahren sie nach dem ersten Hundespaziergang zusammen ins Kommissariat.

»Lass uns bitte nicht gleich aufgeben«, ermahnt sie ihn und gibt sich bester Dinge, nickt dem dicken Pförtner in seiner Loge zu, findet wie beim ersten Mal alles sehr hübsch und bunt, ignoriert, dass diverse Gestalten auf dem Treppengeländer herumturnen, und weiß auch sofort wieder, wo Bertram sein Büro hat.

Wie es aussieht, haben sie einen ruhigen Tag erwischt; viele Türen sind offen, auch die von Bertram, der im weißen Polohemd vor dem Laptop sitzt und es ohne Regung zulässt, dass sie sich links und rechts auf den Schreibtisch setzen und mit den Beinen baumeln, als wäre es ihm bestimmt recht und beinahe eine Gewohnheit.

»Okay, wir sind da, ich bin die Frau aus dem Park«, sagt

Lilli, worauf er nicht reagiert und sie ihn mit kleinen Sätzen und Formeln zu ködern versucht, *wir haben ihn* sagt, *Oda* sagt, *lieber Bertram* sagt, *mein Liebster* sagt und wie zu erwarten nichts erreicht.

Auch die Delius besuchen sie und später alle zugänglichen Räume, wo die Kolleginnen und Kollegen sitzen und schreiben oder sich besprechen und wie Bertram nicht hören.

Gegen Mittag legten sie eine längere Pause ein, vertreten sich die Beine und beschließen, eine zweite Runde zu machen, die ebenfalls nichts erbringt; die Delius ist gar nicht mehr im Haus, während Bertram schreibt und zwischendurch telefoniert und die anderen sich über einen Fall von letzter Woche unterhalten, der längst geklärt ist.

»Nicht ungeduldig werden, mein Lieber«, mahnt ihn Lilli, was so klingt, als wäre es lediglich eine Frage der Zeit, bis jemand hört, während er nicht ungeduldig, sondern genervt ist; er mag es nicht, dass der Fall auf diese Weise gelöst werden soll, glaubt nicht daran, findet es unheimlich, dass Kontakte dieser Art möglich sind.

Trotzdem drehen sie eine dritte Runde und fangen wieder mit Bertram an.

»Lass mich mit ihm sprechen«, sagt sie.

Allein, soll das heißen, und so besucht sie ihn diesmal allein.

Im ganzen Haus ist es anhaltend ruhig, fast still; ab und zu hört man von unten die Tür, jemand kommt, jemand geht, was er alles kennt und nun auch gar nicht weiter etwas versucht, sondern sich ins blaue Treppenhaus setzt und wartet, dass Lilli mit Bertram fertig ist.

Es dauert ewig, bis sie auftaucht, offenbar hat sie keinen Erfolg gehabt, lächelt immerhin, sieht ihn da sitzen.

»Und was hast du ihm nun gesagt?«

»Dass er mal wieder mit seiner Frau schlafen soll.«

»Und?«

»Nichts weiter. Er hat gelächelt, und morgen sehen wir uns wieder und setzen unsere Unterhaltung fort.«

Und Lilli bleibt dran, sitzt unverdrossen in seinem Büro, läuft wie ein Hündchen hinter ihm her, wenn er in ein anderes Zimmer geht, flüstert mit ihm, macht ihm Komplimente, dass sie ihn ganz toll findet und allein er ihr helfen kann und sie sich bloß fragt, wann er's endlich tut.

»Sie sind eine große Enttäuschung für mich«, lässt sie ihn wissen, um im selben Atemzug zu fragen, ob er endlich mit seiner Frau geschlafen hat, wie er überhaupt schläft, was ihm durch den Kopf geht, ob er sich an sie erinnert und wieder: wann er endlich aufsteht und handelt.

Was wie erwartet nichts bringt.

»Lass es endlich«, rät er ihr.

Darauf sie: »Ich bin dann mal weg.«

Gegen Mittag ist das, und er muss sich von seinem Team verabschieden, das sich wie üblich auf der Promenade versammelt hat und von einem Abschied nichts wissen will – schließlich laufe der Kerl ja weiter frei herum und so sei es gewiss sinnvoll, sich wie üblich einmal wöchentlich zu treffen, womit sich die große Mehrheit einverstanden erklärt.

Auch Ivo taucht in letzter Minute auf und ist in keinem guten Zustand, will so schnell wie möglich zu der Frau, deren Namen ihm leider entfallen ist, er habe Gedanken, friere plötzlich so, wie er merkwürdigerweise hinzufügt, doch das Schlimmste seien die Gedanken.

Er sagt mit keiner Silbe, um welche Gedanken es sich handelt, aber es ist klar, dass etwas geschehen muss, und so nimmt er ihn mit ins Kommissariat, um Lilli abzuholen und anschließend zu dritt zu Gritt zu fahren.

»Gut, dass ihr ihn bringt«, sagt sie.

Dass der Fall aufgeklärt ist, interessiert sie nicht besonders, und wenn, so nur deshalb, weil Ivo daran beteiligt gewesen ist.

»Und nun bist du verständlicherweise aus der Puste, und weil du aus der Puste bist, kommen die Gedanken.«

»Ja«, stimmt Ivo ihr zu, beinahe interessiert, obwohl er kaum wiederzuerkennen ist, so fern und kraftlos haben sie ihn nie zuvor erlebt.

»Du bist ein ganz besonderer Junge«, sagt Gritt.

»Ja, schon«, gibt er zu. »Ich weiß nicht.«

Worauf Gritt ihm verspricht, dass sie gleich alles in Ruhe besprechen werden und dann morgen noch mal in der Gruppe, wo es Jungen und Mädchen in seinem Alter gibt, die sich alle auf ihn freuen.

»Aber sie wissen doch gar nichts von mir«, sagt Ivo.

»Trotzdem haben sie schon angefangen, sich zu freuen.«

Ivo nickt ungläubig, weil es ja schlecht so sein kann, lächelt ansatzweise, hört wieder auf damit.

»Ihr könnt mich ruhig allein lassen, ich bin ja jetzt bei Gritt«, sagt er, und so lassen sie ihn bei Gritt.

Lilli macht sich trotzdem Sorgen.

»Bei Gritt ist er in guten Händen«, meint er.

»Bist du ebenfalls in guten Händen?«

»Mal so, mal so«, scherzt er.

☙

Und sie versuchen es weiter, täglich mehrere Stunden; zwischendurch gibt es einen neuen Fall, weshalb vorübergehend Unruhe entsteht: Ein Sechzehnjähriger hat einen Achtzehnjährigen erstochen und tags darauf ein Zwanzigjähriger eine Dreiundsiebzigjährige; die Täter sind gefasst und derzeit im Haus, aber Lilli will ihnen auf keinen Fall begegnen, will nicht mit ihnen in einem Raum sein, will kurzfristig überhaupt nichts mehr.

»Es geht immer so weiter«, sagt sie. »Und ich hasse, dass es immer so weitergeht.«

Sie setzen einen Tag aus, was ihre Stimmung nicht bessert, erst als die beiden Karls auftauchen und sie wie üblich mit Freundlichkeiten überschütten, beginnt sie, sich langsam zu entspannen.

Die beiden sind länger nicht in der Stadt gewesen, auf Reisen, wie sie erklären und nun erfahren, dass der Kerl aus dem Video gefunden ist.

»Wunderbar, wir gratulieren«, sagen sie und wollen wissen, wo und wie sie helfen können.

Sie erklären es ihnen.

»Bei Bertram haben wir schon aufgegeben.«

»Gut, dann übernehmen wir Bertram.«

Lilli will noch einmal zur Delius, während er es bei den jüngeren Kolleginnen und Kollegen versuchen will, aber es lässt sich keine Verbindung herstellen, sie sind ihm fremd, ihm fällt nichts ein, wie er sie erreichen könnte, was ja in keiner Weise eine neue oder überraschende Erkenntnis ist.

Karl und Karl sind ebenfalls erfolglos, was mehr als verständlich ist, wie sie im Nachhinein erklären, denn Bertram wird die Tage fünfzig und ist von seiner Frau Oda überredet worden, ein Grillfest zu feiern, mit sage und schreibe fünfzig Gästen.

Um vier Uhr nachmittags soll es beginnen; Oda hat offenbar den Plan, eine Rede zu halten, und es sei ihm gar nicht recht.

»Er telefoniert gerade mit ihr, sagt bloß *Ja* und *Ich weiß* und wirkt alles andere als glücklich.«

»Das ist doch wunderbar«, meint Lilli und weiß sofort, was sie jetzt tun müssen, sie müssen zu diesem Geburtstag, raus aus dem Kommissariat und dahin, wo Bertrams Oda ist.

»Frauen hören besser«, sagt sie.

»Sie haben es jahrhundertelang geübt; bloß genützt hat es ihnen selten.«

Das ist, was sie dazu zu sagen hat, und am Abend ist sie sehr anhänglich und mit ihren Gedanken beschäftigt, die um den jungen Mann aus dem Gartencenter kreisen.

»Wenn er am Ende ungeschoren davonkommt, ist das dann besser oder schlechter für ihn?«

Sie findet: schlechter.

Kann man leben mit so was?

Das beschäftigt sie, obwohl es ihr ja letztlich egal sein kann, wie Andrä meint.

»Ja, stimmt«, sagt sie.

»Aber dass er immer an mich denken wird, ist mir nicht egal, weil er das doch wird; ich werde immer ein Teil von ihm sein, und das möchte ich nicht.«

29
Unter Frauen

Und so fahren sie am darauffolgenden Samstag zu Bertrams Geburtstagsfest; es gibt einen Bus, eigentlich zwei, und anschließend müssen sie zehn Minuten laufen, was Andrä sichtlich nicht gefällt.

»Schau doch nicht so grimmig«, sagt sie, wozu er irgendwie brummt und jetzt erst recht grimmig dreinschaut.

Was das Wetter betrifft, sieht es schwer nach Regen aus; vor Tagen hat offiziell der Sommer begonnen, und sie mag Regen im Sommer, selbst wenn er für Grillfeste nicht günstig ist.

Für den Anfang ist es lediglich wolkig; ein paar erste Gäste sind schon da, und drüben am Grill steht Bertram, und die Frau an seiner Seite, das muss Oda sein.

Man erkennt sofort, dass sie heute etwas gehabt haben, sie strahlen wie frisch verliebte Teenager, fassen sich an, flüstern miteinander.

Um die Gäste kümmern sie sich vorläufig eher gar nicht. Vor allem Frauen sind zu sehen, darunter die Delius im gestreiften Sommerkleid, die von jüngeren Kollegen umringt und bewundert wird und soeben ein zweites Glas Sekt in Empfang nimmt, falls es nicht überhaupt Champagner ist.

Eine halbe Stunde vergeht, Oda ist im Haus verschwunden, wo wegen des zweifelhaften Wetters das Büfett aufgebaut worden ist, und nun trudeln sie alle nacheinander ein: Paare in ihren mittleren Jahren, durchweg sommerlich gekleidet, zwei, drei Jugendliche, die sich langweilen und laut lachen, als es zu regnen beginnt; wer einen Schirm hat, lacht mit, andere stellen sich auf die überdachte Terrasse und wieder andere lassen den Regen einfach machen und wirken recht vergnügt dabei.

Nach fünf Minuten ist es vorbei.

Karl und Karl kommen und wollen wissen, ob sie es bei Oda bereits versucht hat; nein, hat Lilli nicht, erst muss Oda ihre Rede halten, und sie ist sichtlich nervös, steigt mitten auf der kleinen Rasenfläche auf einen leeren Bierkasten, damit sie alle Gäste im Blick haben, denn sie ist auf charmante Weise drall und klein und hübsch, deshalb sollen und dürfen sie alle ruhig sehen.

Ihre Rede allerdings wird beinahe zum Skandal.

»Es soll ja Leute geben, die Morde amüsant finden, und ich gehöre bestimmt nicht zu diesen Leuten.«

»Was ich euch in Kürze sagen will, ist Folgendes: Es ist kein Spaß, mit jemandem wie Bertram verheiratet zu sein, aber ich bereue keinen einzigen Tag mit ihm.«

»Mein lieber Mann«, sagt sie.

»Ich habe dich ganz am Anfang gebeten, dass du mir um Himmels willen mit deinen Toten wegbleiben sollst, woran du dich leider selten gehalten hast, ganz im Gegenteil, denn du hast sie fast ausnahmslos mit nach Hause gebracht, Monat für Monat neue Tote, die beim Einschlafen neben mir gelegen haben wie diese Frau im roten Kleid, die Kinder, die Alten, die Erschlagenen, die Geschändeten.«

Reihum halten alle den Atem an, als sie erklärt, dass sie das unverzeihlich findet, und nach einer weiteren Pause hinzufügt, dass sie ja hätte weglaufen können, ihn allein lassen mit seinen Toten, was ihr keine Sekunde eingefallen sei.

»Und wisst ihr, warum?«

»Tja, warum wohl.«

Worauf sich die Blicke auf Bertram richten, der schon zu lächeln begonnen hat und nun langsam zu ihr hingeht.

»Auf die nächsten zehn Jahre, mein Lebensmann! Auf die armen Toten, auf uns arme Lebendige!«

Für zwei, drei, vier Augenblicke herrscht Stille, bevor von allen Seiten stürmischer Applaus einsetzt, Odas Rede hat ein gutes Ende gefunden, es gibt viele lächelnde Gesichter und ein paar wenige nachdenkliche, die nicht ins Gewicht fallen.

Andrä hat die ganze Zeit irgendwo am Rand gestanden, doch jetzt kommt er und will wissen, ob es ihr unangenehm ist, dass Oda sie erwähnt hat.

Es ist ihr nicht im Geringsten unangenehm.

»Wenn sie wüsste«, sagt sie. »Ich mag sie sehr, Bertram kann sich glücklich schätzen, dass er sie hat.«

Oda ist weiterhin von allen möglichen Leuten umringt, die ihr zu der Rede gratulieren oder etwas dazu bemerken; Bertram hat Mühe, zu ihr vorzudringen, schafft es irgendwann, lächelt und flüstert was, zu dem sie erfreut nickt.

Am Grill steht er schon lange nicht mehr, das hat zwischenzeitlich ein Mann von der Cateringfirma übernommen, der Lachs und Rinderfilets und einen Haufen Würste betreut.

Andrä stöhnt, weil es überall so gut riecht und alle tüchtig essen und sie bloß zusehen können, wie sich nach und nach alle entspannen, was nicht zuletzt am reichhaltigen Alkoholangebot liegt; die Delius spricht, ein alter Klassenkamerad, der beim Verfassungsschutz gelandet ist, allein Bertram will offenbar nicht reden, wenngleich es viele erwarten.

☙

Inzwischen ist es lange nach sechs, das Fest läuft jetzt sozusagen am Schnürchen, und Oda kommt allmählich zur Ruhe, sodass man sich ihr nähern kann, ihre Temperatur fühlen, die leicht über der normalen liegt; sie redet nicht mehr gar so viel, ist ein bisschen beschwipst.

»Na klar habe ich mir zur Feier des Tages was ausgedacht; er war gar nicht richtig wach, selbstverständlich erfreut, wenn du verstehst, und vor einer Stunde ein zweites Mal, kurz bevor ihr hier aufgeschlagen seid.«

Einer Freundin im weißen Kleid erzählt sie das und kurz darauf einer anderen, die einen karierten Hosenanzug trägt.

Lilli ist nicht erpicht auf diese Details, trotzdem hört sie mit halbem Ohr zu und weicht Oda nicht von der Seite, um nur ja den richtigen Zeitpunkt nicht zu verpassen.

☙

Der erste Versuch findet im Badezimmer statt, wo sie ihr mitteilt, dass sie die Frau im roten Kleid ist und ihr Wichtiges mitzuteilen hat.

Oda hat sich auf den Badewannenrand gesetzt, weil sie eine kleine Verschnaufpause braucht, allerdings nicht hört; sie lächelt versonnen, hebt für einen Moment den Kopf, bevor sie weiter versonnen lächelt.

Auch beim zweiten Versuch ist das mehr oder weniger so, wobei Oda diesmal halbwegs nüchtern wirkt und in einem unbeobachteten Moment vor die Tür geht und dort kurz weint und schnieft und sich ums Haus herum zurück in den Garten und zu ihren Gästen und Bertram begibt, den sie anschließend innig umarmt und dann küsst.

»Und? Hast du etwas erreicht?«, fragt Andrä, der die Szene beobachtet hat und seinerseits rein gar nichts erreicht hat.

»Ein Versuch noch«, sagt sie.

Das Fest hat merklich an Schwung verloren, aber jetzt entsteht ein letztes Mal Bewegung, weil eine große Eistorte gebracht wird, was die Sache zusätzlich in die Länge zieht; zwischendurch müssen die ersten Gäste verabschiedet werden, und dann spricht Bertram ein paar nichtssagende Worte, und Oda küsst ihn schon wieder auf den Mund, worauf erneut Applaus einsetzt und sie sich umdreht, Richtung Haus läuft und nicht aufpasst und über die Schwelle der Terrassentür stürzt.

Lilli ist sofort bei ihr.

»Hast du dir wehgetan?«

Und tatsächlich, Oda hat sich das Knie aufgeschlagen, sie beginnt zu jammern, weil sie blutet, und zugleich hört sie; schüttelt den Kopf und hört, wie Lilli alles wiederholt, und anders als im Badezimmer und auf der Terrasse scheint sie ganz Ohr zu sein und hört nickend bis zum Ende zu.

Lilli ist so gut wie sicher, dass Oda sie gehört hat, um im nächsten Moment ganz unsicher zu sein, weil Oda nicht geantwortet hat, sondern in Windeseile aufgestanden und zur Delius gelaufen ist und darauf die Delius zu einem Kollegen und der zu einem weiteren, sodass es plötzlich ein einziges Gerenne und Geflüstere gibt, aus dem Andrä später macht, dass Oda die Gäste an das verabredete Geburtstagsständchen erinnert hat, und wirklich fangen nun alle zu singen an, und zwar derart schief und krumm, dass sie mehr lachen als singen und anschließend nach und nach aufbrechen.

❦

In den Tagen danach redet Andrä nicht viel; der Besuch bei Oda und Bertram ist ein Fehlschlag gewesen, Oda mag gehört haben oder nicht, nur passiert ist gar nichts; er hat den beiden Karls aufgetragen, dass sie sich melden sollen, wenn sich was tut, aber sie haben sich nicht gemeldet, was ja nicht unbedingt etwas bedeuten muss: Womöglich hat es einen neuen, wichtigen Fall gegeben, der die Dinge verzögert.

»Wir müssen akzeptieren, dass es unter Umständen nichts wird«, meint Andrä sie vorbereiten zu müssen, worin sie ihm zögernd zustimmt, jedoch der Meinung ist, dass sie Bertram einen allerletzten Besuch abstatten müssen, und wenn sich anschließend immer noch nichts bewegt, will sie nie mehr von der Sache hören.

Inzwischen ist es Ende Juni und heiß, und womöglich sind Bertram und Oda ja verreist, wie er zu bedenken gibt – aber nein: Bertram sitzt an seinem Schreibtisch, wird zwischendurch von einem Kollegen begrüßt, der ihm nachträglich zum Geburtstag gratuliert, bevor er neuerlich wegen der Hitze stöhnt und über etwas nachdenkt, das ihm sichtlich keine Freude ist.

»Er denkt nach«, flüstert Lilli.

Und an Bertram gewandt: »Nun mach, du weißt, was du zu tun hast.«

Aber Bertram denkt nicht daran, etwas zu machen, nippt an seinem Kaffee und sinniert vor sich hin, bevor er irgendwann aufsteht, um sich einen neuen zu holen, wie sie zuerst annehmen und im nächsten Moment begreifen, dass man dafür kein Mobiltelefon und keinen Autoschlüssel braucht und er dabei ist, seinen Arbeitsplatz zu verlassen, anfangs zögerlich, dann zunehmend entschlossen; unten auf der Straße muss er kurz überlegen, wo er den Wagen am Morgen gelassen hat, aber dann findet er ihn und sie steigen zu dritt in seinen silbernen Audi.

Und jetzt fahren sie; das Ziel liegt offenbar außerhalb, weshalb sie sofort hofft und glaubt, dass sie zum Gartencenter unterwegs sind, was auch genau so ist: Oda hat sie gehört und ihm alles erzählt, und deshalb fahren sie da jetzt hin.

»Siehst du?«, sagt sie, wozu Andrä bloß brummt, dass er vorläufig gar nichts sieht.

Da es Freitag ist, hat Bertram Schwierigkeiten, einen Parkplatz zu finden, er schüttelt mehrfach den Kopf und wirkt nicht sonderlich begeistert, hier zu sein; etwas Unfrohes und Träges geht von ihm aus, als müsse er sich zu jedem einzelnen Schritt überreden und eigentlich zwingen; er erklärt einer Kassiererin, dass er einen jüngeren Kollegen von ihr sucht, erwähnt das Muttermal, dass er groß und schlaksig ist, worauf die Kassiererin gleich schnippisch wird und fragt, was er denn von ihm wolle.

»Haben Sie Stress mit ihm? Stress können wir hier nämlich nicht gebrauchen.«

»Nein, nein«, sagt Bertram. »Ich muss ihn nur was fragen, ich finde ihn schon.«

Was, wie sich herausstellt, gar nicht so einfach ist; das Gartencenter ist groß, es gibt mehrere Hallen, in denen gerade nicht viel Kundschaft ist, aber in keiner der Hallen ist er zu finden, auch draußen auf dem Freigelände, wo die Bäume und Sträucher sind, erst mal nicht und irgendwann doch.

Und so sieht sie den Kerl wieder, den sie nie wieder hat sehen wollen und der noch immer keinen Namen hat.

Etwas seltsam ist, dass Bertram es nicht eilig hat, ihn anzusprechen, aus der Ferne beobachtet, was er so macht – auf einer Liste Dinge abhaken, etwas notieren, aha, denn mehr macht er nicht und das wenige langsam und schleppend, als sei er wie vorher Bertram hauptsächlich mit seinen Gedanken beschäftigt.

Andrä – das spürt sie – wird von Minute zu Minute ungeduldiger, bis Bertram endlich an den Kerl herantritt und mit ihm zu reden beginnt.

»Erwarte nicht zu viel«, warnt Andrä. »Er ist alleine gekommen, wahrscheinlich will er sich bloß ein Bild von ihm machen.«

Da sie Abstand halten, ist kein Wort zu verstehen, aber gut, macht sich Bertram eben ein Bild, die beiden reden und reden, ganz ruhig und unaufgeregt, als unterhielten sie sich über Vor- und Nachteile irgendwelcher Sträucher oder das Wetter oder wer weiß was.

Und genau so verhält es sich.

Von einer Sekunde auf die andere ist sie zu ihnen gerannt, und als sie bei ihnen ist, hört sie Bertram gerade sagen, dass er die Tage wieder vorbeischaue, jetzt müsse er erst mal nachdenken.

»Aber er ist es, Sie müssen ihn mitnehmen«, ruft sie, worauf Bertram nickt und tatsächlich bleibt.

»Brauchen Sie noch was?«, fragt der Kerl, der ein x-beliebiges Gesicht hat, einen lauernden Blick, wie sie findet, was mit Sicherheit Einbildung ist.

Bertram hat nicht gesagt, dass er noch etwas braucht, und sich unterdessen Richtung Parkplatz bewegt; er wirkt ungehalten, redet mit sich, später im Wagen, wo sie beide schweigen und sich wundern, warum er unablässig auf die arme Delius schimpft und zwischendurch auf Oda, die verdammten Toten, von denen er die Nase endgültig voll habe, diese gottverdammten Toten.

»Ihr könnt mich alle mal.«

Was sie ja beinahe schon wieder sympathisch findet.

»Es ist nur eine Frage der Zeit, nicht wahr?«

Dass er bei nächster Gelegenheit verhört wird, will sie sagen, Spuren abgeglichen werden, da es doch immer Spuren gibt.

»Spuren, ja«, sagt Andrä, leicht abwesend, wie ihr scheint, obwohl es alles in allem ein guter Tag gewesen ist.

»Oder nicht?«

Für einen Moment ist er ihr ganz fremd.

Aber nein, Andrä ist weiterhin Andrä – der Mann, der sie freundlicherweise gefunden hat.

»Ich bin Andrä.«

»Andrä, ja«, ist ihre Antwort gewesen.

30

Ende und doch keins

In den Tagen danach will er gar nichts; redet nicht viel, bleibt
für sich, wobei er allenfalls zu dem Schluss kommt, dass es
gut ist, für sich zu sein, zumal sich Lilli um alles kümmert,
Karl und Karl trifft, die Bertram im Auge behalten, die Arbeit
in der Gruppe erledigt und sie wegen der anhaltenden Spannungen kurzerhand teilt, während er halbe Tage bloß liegt,
sich ab und zu zu einem Hundespaziergang aufrafft, jedoch
meistens liegt und gar nichts macht.

Anfangs lässt ihn Lilli so sein; sie ist dauernd unterwegs,
hat es sogar fertiggebracht, ein weiteres Mal ins Gartencenter zu fahren, erzählt nicht viel, legt sich Abend für Abend
neben ihn, auf stille Weise verwundert, ohne erkennbaren
Ärger.

»Wo bist du nur?«, fragt sie ihn. »Ich würde gerne wissen,
wo du bist.«

»Ich bin hier«, antwortet er dann, was wie eine Lüge klingt
und dennoch vorläufig die Wahrheit ist.

»Ich bin sehr froh mit dir«, sagt sie wiederholt.

»Ja, ich weiß.«

»Und du?«

Doch er weiß nicht, was mit ihm ist; er fühlt sich matt,
fragt sich, ob etwas mit seinen Ohren nicht stimmt, weil er

schlecht hört, wie aus großer Ferne, gedämpft, als säße er in einer gut isolierten Zelle.

Immer öfter ist das so.

Auch mit seinen Augen scheint etwas nicht zu stimmen, mit seinen Nächten, denn auf einmal hat er die Vermutung, dass er nachts schläft, nicht bloß starrt, sondern richtig schläft und zwischendurch träumt, falls er nicht doch wie üblich starrt und überhaupt alles Einbildung ist.

Ansatzweise beruhigt ihn das, bevor er wieder die Symptome sieht und sich sagt, dass es mit ihm zu Ende geht, dass er sich diesem Ende nähert, wenn auch vorläufig eher langsam.

Vielleicht ist das ja wirklich so, überlegt er, fürchtet sich ein bisschen, eher am Rande, da er hauptsächlich wartet.

Zwischendurch trifft er sich mit Gritt, die weniger verwickelt als Lilli ist und sich bei ihm bedankt, als wäre es schon an der Zeit, sich bei ihm zu bedanken.

Dann wartet er wieder, träumt wie gesagt viel oder glaubt zu träumen, erinnert sich nach und nach an seine ersten Jahre als Kommissar, seine erste Tote, die Freundin, die er damals hatte, seine Eltern, die letzte Reise mit ihnen, ihre Beerdigungen.

Es ist alles gut, sagt er sich, ich kann mich nicht beklagen, also ist doch alles gut.

Abends, wenn Lilli neben ihm liegt, überlegt er, was er ihr davon erzählen soll, bevor er neuerlich vergisst, was mit ihm ist, was ihm nach und nach geschieht oder erst geschehen wird, was sie womöglich längst weiß oder ahnt.

Die Träume allerdings werden seltsamer und seltsamer, dichter und zugleich verwaschener, falls es sich um Träume handelt; er ist viel unterwegs, hat neuerdings wie Lilli eine

Vorliebe fürs Wasser, steht oder sitzt an allen möglichen Ufern; er beobachtet An- und Ablegevorgänge, die Wasservögel, die Wellen, die dazugehörigen Geräusche, Stimmen, unter denen die von Lilli ist, die neben ihm liegt oder sitzt und aus großer Ferne etwas kommentiert oder so belässt, wie es ist.

Einmal teilt sie ihm mit, dass sie das rote Kleid nicht mehr mag und ein neues sucht, ein anderes Mal bedankt sie sich, weil er angeblich mit ihr im Kino gewesen ist, dabei hat er seit Tagen, Wochen das Zimmer nicht verlassen und mehr oder weniger bloß geträumt oder geschlafen.

Lilli will nun gar nicht mehr von seiner Seite weichen, was ihn nicht stört, weil sie zum Glück sehr leise ist und wie in ihren Anfangstagen viel flüstert, ihm Grüße von allen möglichen Leuten bestellt, die er offenbar kennt, von Bertram, na gut, irgendwelchen Mitarbeitern, die ihn besucht haben, um ihm zu gratulieren, wozu, ist ihm nicht ganz klar geworden.

Das dauernde Hin und Her ist auf die Dauer doch anstrengend – wenn jemand behauptet, dass irgendwas gut ausgegangen ist, und er den Kopf schüttelt, weil ihn diese Sachen nichts angehen und er allmählich durch die Kontrollen muss, weil man ihm das gesagt hat, dass es jetzt Zeit ist, die Kontrollen hinter sich zu bringen.

Er hat Lilli gefragt, ob sie ihn begleiten mag, aber wenngleich sie seit Wochen lieb und freundlich zu ihm ist, möchte sie von diesen Kontrollen nichts wissen; sie mag sie nicht, was nicht unverständlich ist, er selbst mag sie nicht besonders, will sie sich jedoch zumindest ansehen.

Obwohl sie nicht bei ihm ist, hat er nicht das Gefühl, allein zu sein; er sieht und hört niemanden, nur allein ist er dennoch nicht; fast freut er sich auf die Kontrollen, von denen er keine genaue Vorstellung hat, jedoch stark vermutet, dass es Fragen geben wird, womöglich auch unangenehme, auf die er ja nicht in allen Fällen antworten muss.

So in etwa überlegt er und ist vorläufig recht zufrieden damit.

Aber ich sterbe, denkt er, bevor er sich sagt, dass man ja nicht von jetzt auf gleich stirbt, irgendwann das Gefühl hat, die ersten Kontrollen bereits hinter sich zu haben, und niemand hat ihn befragt oder ihn angehalten, was ein gutes oder ein schlechtes Zeichen sein kann.

Spielt das eine Rolle?

Er läuft tapfer geradeaus, bis er an eine Stelle gerät, wo es nicht weitergeht, was ihn in keiner Weise beunruhigt oder überhaupt beschäftigt, da es gewiss Gründe dafür gibt, und diese Gründe haben ihn nicht zu interessieren.

»Lilli?«, fragt er, mehr aus Gewohnheit, weil sie zuletzt viel in seiner Nähe gewesen ist und leider nicht mit ihm hat kommen wollen und immer seltener antwortet.

»Ich muss alleine weiter«, sagt er sich, und tatsächlich geht es bald weiter, ein paar Schritte, so es sich um Schritte handelt, und um etwas in der Art wird es sich wohl handeln.

Und nun ist endgültig Schluss.

Offenbar liegt eine Störung vor, die üblichen Abläufe sind durcheinandergeraten, wie er vage vermutet, worauf eine Stimme erklärt, dass es genau so ist.

»Willst du zurück? Möglich wär's.«

Doch er weiß nicht, was er will.

»Lilli?«, fragt er ein zweites Mal, aber es bleibt totenstill, eine ganze Weile, sodass er sich schon fürchten will und irgendwann zu hören meint, dass da jemand pfeift oder eigentlich singt, nur eben auf die pfeifende Art und sehr lang und schön.

»Lilli?«, fragt er zum dritten Mal, doch die pfeifende Lilli lässt sich nicht stören und pfeift das Lied ungerührt zu Ende, denn es ist tatsächlich Lilli, die es pfeift, und sie liegt neben ihm im Bett und hat gepfiffen, damit er endlich aufwacht.

»Wo bist du bloß gewesen?«, fragt sie, wobei sie gleichzeitig lacht und ihn mehrfach anstupst, weil sie sich über etwas freut.

»Wir müssen allmählich los«, sagt sie.

»Aber wohin?«

»Na, zum Bahnhof! Weil wir doch auf Reisen gehen, hast du das vergessen?«

Das hat er tatsächlich komplett vergessen oder nie gewusst.

»Es ist noch nicht vorbei«, sagt sie. »Wo warst du, um Himmels willen?«

Ja, wo.

Irgendwo da draußen, weit weg war er.

»Ich bin übrigens Lilli, falls du das ebenfalls vergessen haben solltest.«

Dass sie Lilli ist, weiß er zum Glück; er freut sich, sie wiederzusehen, aber sonst scheint er alles Mögliche vergessen zu haben, an das sie ihn bei Gelegenheit erinnern muss, weil ihm vorläufig alles zu viel ist; Lilli will, dass er aufsteht, und tatsächlich befindet er sich wenig später auf einer Straße, wo eine Gruppe von Leuten auf ihn wartet und ihn hauptsächlich verwirrt; vor allem mit der Zuordnung hat er Schwierigkeiten; offenbar kennt er ja Leute zuhauf, die ihn wie selbstverständlich ansprechen und nun auch alle mit zum Bahnhof wollen, um ihn und die Frau, die er als Lilli kennt, zu verabschieden und ihm zum x-ten Mal zu gratulieren.

Ob er sich nicht freue.

»Doch, doch«, bemüht er sich, ohne zu wissen, worüber er sich freuen soll, und in diesem Moment erreichen sie den Bahnhof, wo man zum Abschied singt und ihm und Lilli zusieht, wie sie in den Zug steigen und nach einem freien Platz am Fenster suchen, der sich zum Glück schnell findet, weil jetzt noch gewunken werden muss.

Und dann fahren sie schon, anfangs nicht besonders schnell, was jedoch nicht so bleibt, obwohl er persönlich es nicht eilig hat.

Nur wohin fahren sie eigentlich?

Die Frau, die er als Lilli kennt, hat sich nicht dazu geäußert, womöglich holt sie das ja bald nach, wenngleich sie vorläufig bloß schaut und abwechselnd ihn und die vorbeiziehende Landschaft anlächelt, irgendwann bemerkt, dass da irgendwo der See mit dem Haus sein muss, obwohl kein See und kein Haus zu entdecken sind und es überall schon wieder oder weiterhin Sommer ist.

Er hat anhaltend Schwierigkeiten, sich zu orientieren; sie sitzen in einem Abteil, draußen sind Himmel und Landschaft und Siedlung, doch wie lange das schon so ist, könnte er nicht sagen.

Irgendwann werden sie von einem Pärchen mit Rucksäcken besucht, das natürlich am Fenster sitzen will, weshalb sie sich auf die Plätze in der Mitte umsetzen müssen.

Anfang, Mitte zwanzig mögen sie sein, aufgekratzt und

zugleich müde, als hätten sie die Nacht mit Feiern und Trinken verbracht.

»Du siehst wie ein Gespenst aus«, sagt sie zu ihm.

Und er: »Ja, du auch.«

Worüber sie beide herzlich lachen.

Ein paar der nachfolgenden Szenen hat er offenbar wieder verpasst, denn jetzt sitzen sie in einem Großraumwagen, während draußen die Landschaft zunehmend hügelig wird.

Die Frau im roten Kleid, die er als Lilli kennt, redet nicht viel, oder er hört sie nicht durchweg gut; einmal macht sie eine Bemerkung zu Schuhen, die sie wer weiß wo verloren hat und nun zum Glück gefunden worden sind.

Man hat ihre Schuhe gefunden, na gut, sagt er sich, obwohl er keine Schuhe an ihr bemerkt, denn sie ist barfuß, was er aus irgendwelchen Gründen schon gewusst hat.

Ich muss besser denken, nimmt er sich vor.

Aber es dauert; als die ersten Berge am Ende der Landschaft auftauchen, wird es besser, weniger nebelig in ihm drin, wo ja alles bereitliegt, die Verknüpfungen, die losen Enden.

»Bin ich froh, dass ich weiß, dass du Lilli bist.«

»Ja, du Dummer«, sagt sie lachend. »Ausgeschlafen?«

Wozu er verlegen nickt und froh ist, dass sie nicht weiter bohrt und fragt, was mit ihm gewesen ist, da er es selbst kaum versteht und nun stückweise alles wieder zusammenbringt.

»Warum um Himmels willen hat er meine Schuhe mit nach Hause genommen?«, fragt sie zwischendurch.

Ja, warum.

Aber sie haben ihn, das ist ihm jetzt wieder klar oder zum

ersten Mal klar, es ist vorbei, erledigt, was ihn nun doch freut, mehr erleichtert als freut, was immer.

Lilli hat bis jetzt mit keiner Silbe erwähnt, wohin sie fahren, und beinahe gefällt ihm das ja.

Und so fahren und fahren sie, bis es nach einiger Zeit nicht mehr weitergeht und sie aussteigen müssen und Lilli sich immer noch nicht geäußert hat.

So ganz vertraut ist er bislang mit ihr nicht wieder geworden, was nicht schlimm ist, wie er findet, auf Reisen hat man schließlich genug Zeit, sich aufs Neue vertraut zu machen.

Nur ist ihm wirklich nach Reisen?

Wer reist, kehrt früher oder später zurück, und vielleicht möchte er ja nicht zurück.

»Das wird sich alles zeigen«, antwortet Lilli, die angefangen hat, die Fahrpläne zu studieren.

Jetzt, in der Urlaubszeit, ist auf dem Bahnhof fast nirgendwo ein Durchkommen, aber irgendwann hat sie Erfolg, findet die richtige Verbindung, ein Nachtzug, weil das Ziel weit weg ist, und weit weg soll es ja sein.

Er braucht nicht zu wissen, welches sie ausgesucht hat, weil jedes Ziel das richtige ist, und als sie am nächsten Morgen aussteigen, sind sie in einem anderen Licht, betrachten sich selbst in anderem Licht, erbitten sich das eine oder andere, weil es schön ist, sich vom anderen etwas zu erbitten, und erreichen keine zwei Stunden später den Lido di Ostia, wo sie lange nebeneinander im Sand sitzen, unweit der Stelle, die *Settimo Cielo* heißt, was sie nicht wissen, es jedoch hoffentlich spüren und auch weiter gar nichts wollen, als beieinander zu sein.

Kapitelübersicht

I

II

III

1. Auflage 2024

© 2024, Verlag Kiepenheuer & Witsch, Köln
Alle Rechte vorbehalten
Die Nutzung unserer Werke für Text- und Data-Mining
im Sinne von § 44b UrhG behalten wir uns explizit vor.
Covergestaltung © Barbara Thoben, Köln
Covermotiv bearbeitete Version des Kunstwerks *Lovers (10)*
von Jarek Puczel
Zitatnachweis Seite 7 Zitat aus: Juan Rulfo, *Pedro Páramo*,
übers. von Dagmar Ploetz; Suhrkamp, Berlin 2010.
Gesetzt aus der Dante
Satz Buch-Werkstatt GmbH, Bad Aibling
Druck und Bindung GGP Media GmbH, Pößneck

ISBN 978-3-462-00344-4

Was würde geschehen, wenn Jesus für ein paar Tage zurück auf die Erde käme, ins Hier und Jetzt der Stadt Berlin? Es würde alles ganz anders, schön und erfreulich, wie es in Wirklichkeit kaum ist – und auch im Roman nicht von Dauer.

»Mischa und der Meister« ist ein wunderbar leichtfüßiger, herrlich grotesker und komischer Roman über das Heilige und das Teuflische und die unstillbaren Sehnsüchte und Begierden der Menschen, die zu allen Zeiten dieselben sind.

Kiepenheuer
& Witsch

Wie kaum eine Frau ihrer Zeit steht Virginia Woolf für das
Ringen um Eigenständigkeit, um Raum für sich, um eine
unverkennbare Stimme. Ihr Leben war überreich an allem –
auch an Düsternissen. Michael Kumpfmüller hat einen sprach-
mächtigen, kühnen Roman über die letzten zehn Tage ihres
Lebens geschrieben.

Kiepenheuer
& Witsch

Eine Frau und ein Mann beschließen, gemeinsam zu verreisen. Das Außergewöhnliche daran: Sie kennen sich kaum. Das Einzige, was sie wissen: Sie fühlen sich zueinander hingezogen. Eigentlich kann es mit ihnen nichts werden, aber vielleicht ja doch? Auf einem Roadtrip durch die USA wollen sie es ergründen.

Kiepenheuer & Witsch

Michael Kumpfmüller erzählt davon, was es heißt, heute ein
Mann zu sein. Er zeichnet den spannungsreichen Lebens-
weg seines Helden Georg nach und zeigt, welche Kraft der
Wunsch zu lieben und geliebt zu werden entfaltet.

»Michael Kumpfmüller ist der wandlungsfähigste unter den
großen Autoren seiner Generation. Es gelingt ihm, in seinen
Romanen ein ganzes Universum von Tonlagen, Erzähltempe-
raturen und Antihelden zu erfinden.« *Florian Illies*

Kiepenheuer
&Witsch

Michael Kumpfmüller

Die

Herrlichkeit

des

Lebens

Roman

Kiepenheuer
& Witsch

Wer war eigentlich Franz Kafka? Michael Kumpfmüller wirft
ein überraschend helles, fast heiteres Licht auf den welt-
berühmten Schriftsteller in seinem letzten Jahr. Liebevoll
und diskret zeichnet er einen Menschen, der, bereits schwer
krank, die große Liebe findet und sein Leben in die Hand
nimmt, bevor es dafür zu spät ist.

»Es ist eine unglaublich zarte, schöne, poetische Liebesge-
schichte am Ende eines Lebens.« *FAS*

Kiepenheuer
& Witsch

Michael Kumpfmüller
Nachricht an alle
Roman

Kiepenheuer
&Witsch

Kumpfmüller gelingt ein flirrendes Gegenwartsporträt der
Gleichzeitigkeiten: Während in den klimatisierten Büros der
Eliten Entscheidungen getroffen werden, beginnt sich unten
in den Großstadtschluchten, an den heißen Rändern der Gesellschaft, eine Gruppe von Menschen zu regen, die auf den
großen Schlag wartet.

»In Michael Kumpfmüller haben wir unseren Erzähler gefunden.«
Frank Schirrmacher, FAZ

Kiepenheuer
&Witsch

Leseproben und mehr unter www.kwi-verlag.de

Michael Kumpfmüller
DURST
Roman

Töten, ohne Hand anzulegen: Nach Motiven eines authentischen Falles erzählt Michael Kumpfmüller von einer ungeheuerlichen Tat und beweist mit diesem Buch, wozu die Literatur im besten Fall im Stande ist – Erkenntnis zu schaffen abseits von schieren Fakten und Psychologie.

»Ein kleines Meisterwerk, der gelungene Versuch, jenseits aller Klischees Sprache für eine menschliche Tragödie zu finden – suggestiv und schonungslos.« *Susanne Kunckel, Welt am Sonntag*

Kiepenheuer
&Witsch

Die Kunst der Verführung – ein Roman über Liebe und Politik und die Betten im geteilten Deutschland. Er ist ein Spieler, ein Filou, ein Frauenheld und genialer Händler, der immer wieder auf die Beine kommt, aber am Ende vor die Hunde geht.

»Nicht nur ein schräger, sehr gut erzählter Roman, sondern auch ein gewagtes Buch. Unterhaltung auf höchstem Niveau.«
Hajo Steinert, Die Zeit

Kiepenheuer & Witsch